看世界本来的样子

大地记忆丛书

李松璋　黄恩鹏　主编

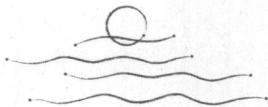

黄河源笔记

HUANG HE YUAN BIJI

王小忠 ——— 著

GUANGXI NORMAL UNIVERSITY PRESS

广西师范大学出版社

·桂林·

图书在版编目（CIP）数据

黄河源笔记 / 王小忠著. —桂林：广西师范大学
出版社，2019.11
（大地记忆丛书 / 李松璋，黄恩鹏主编）
ISBN 978-7-5598-2225-3

Ⅰ. ①黄… Ⅱ. ①王… Ⅲ. ①纪实文学－中国－当代
Ⅳ. ①I25

中国版本图书馆 CIP 数据核字（2019）第 225320 号

广西师范大学出版社出版发行

（广西桂林市五里店路 9 号　邮政编码：541004　）
网址：http://www.bbtpress.com
出版人：张艺兵
全国新华书店经销
广西广大印务有限责任公司印刷
（桂林市临桂区秧塘工业园西城大道北侧广西师范大学出版社集团
有限公司创意产业园内　邮政编码：541199）
开本：787 mm × 1 092 mm　1/32
印张：6.5　　　字数：125 千字
2019 年 11 月第 1 版　　2019 年 11 月第 1 次印刷
定价：45.00 元

総序 非虚构写作：叙述世界的可能性

2015 年的诺贝尔文学奖，颁给了白俄罗斯女作家斯维特拉娜·阿列克谢耶维奇。这个荣耀，是瑞典文学院对非虚构作家的高度肯定，也给"民间写作"以最大的鼓励。阿列克谢耶维奇站在民间立场，写在"国家利益"驱动下的诸多个人命运。她采录的是受历史大事件影响的底层"小人物"的声音，倾听他们的"说法"，体验底层社会难以平复的生命苦难。由此，在中国兴起不久的"非虚构写作"，被重新认知。

何谓"非虚构写作"？广义上说，以现实元素为背景、真实反映现实的写作，即非虚构写作。它首先被西方文学界重视，且完全是独立的、忠实内心的、不服膺外来因素的写作，是不受干预和遮蔽的民间写作。

非虚构写作，不是写实散文，也不是游记，而是民间叙事文本，是反映现实的"见证文学"；不是集体的写作行为，而是作家个体的写作行为；不是冷眼旁观，而是参与其中。体验和验证，是社会的实证主义（个体的经验主义）驱动下的一种写作，也可以是对社会大环境下底层的人文生态、农业生态和自然生态的田野调查。本质上说，非虚构写作是拓展了"向下"的写作。它让"民间的"视野宽阔且有纵深度。

非虚构写作，关涉人文地理和社会科学的认识论和方法论。也由此带来了写作的难度：一是准确无误的信源。作家所需的，是一张精细的地图和一块精准的罗盘，进行缜密独到的研究。操作态度必须一丝不苟。二是不能添枝加叶。它的真实性在于呈现事件本身，否决主观臆断，否决编造与虚构。像小说般编排故事、像戏剧那样设置悬念，都要不得。在资讯快速传播的世界文化大环境里，写作者要有谦逊的文化品格和巧妙的文本策略。三是囊括所有。与文本内容关联的历史、自然、人文及细微生活呈现，都可以为文本写作服务。

这三个难度，考验作家的水准，检验作家的耐性，挑战作家的能力。不能有离奇，不能有编造，不能像 PS 图片那样，随意增添什么去掉什么，让原有的色彩失真，让原有的图像变形、模糊。杜绝设置个人意志主导的荒诞，但不能拒绝现实或历史存在的荒诞。当然亦不能否认特定的地理情境下出现的一些非同寻常的现象。好在非虚构文学不以情节取胜，它要的是真实记录。非虚构与虚构的区别，在于具体的操作。小说家以假设和真实掺杂，揭示人类的处境和命运的问题；非虚构作家是用事实告知人们"问题"的存在，通过写实，让我们认知、对证，消除疑虑。非虚构写作是"还原"世界的"观察笔记"。

为达到效果，作家需要取消片面性的主体认知。花些时间，迈出步子，深入实地，不厌其烦地去挖掘原始事件，或是陈年旧事，或是历史典藏，或是正在进行时的社会和个体事件，把故事的碎片，拼接成一块完整有序的图谱，厘清规则或不规则的脉络。复活记忆，复原意识，让心灵方向和智性写实找到一个理想的出口，引人入胜，将读者带进一种奇异的、令人难以抵达的神秘地带。

普林斯顿大学新闻学教授、美国著名非虚构作家约翰·麦克菲（John McPhee）认为：非虚构作家是通过真实的人物和真实的地点与读者沟通。如果那些人物有所发言，你就写下他们说了什么，而不是作者决定让他们说什么。你不能进入他们的头脑代替他们思考，你不能采访死人。对于不能做的事情，你可以列下一张长长的清单。而那些在这份"清单"上偷工减料的作家，则是仗着那些严格执行这份清单的作家的信誉，在"搭便车"。

非虚构作家是行走作家，但行走作家不一定是非虚构作家。非虚构作家以亲历的写作，比闭门造车、虚构编撰的作家更应该受到尊重。或许，契诃夫的《萨哈林旅行记》是较早的非虚构作品。而爱默生、梭罗、约翰·巴勒斯、巴斯顿等自然主义作家，亦是这方面的先行者。他们以自然为师，以时代为镜，以真实笔录记载自然天地大境，提纯思想要义。文本呈现的是自然乡土对人类情感的培育、人类自觉的心灵在天地间弥漫的道德感。它与利奥波德"生态道德观"和约翰·缪尔"自然中心论"之理念相符合。

主体审美视域，离不开外部世界的浸染。作为非虚构写作者，必须尊重客观事实，不能有所顾忌和惶惧。比如：社会恶性发展对人类精神和情感的破坏；世界观的偏离对人类伦理道德的冲击；大环境下的经济竞争带来的非常规手段的博弈；大众化民生本态与小众化生存状态之差异等。在田野的探研和调查过程中，民生环境、人文历史，都将活脱于文本。自由的素材，忠实的经验，直抵时代的痛处。以独特的语境，"敞开"许多被历史和现实"遮蔽"的东西。

作家是自然生态与人文生态的关怀者、监督人，是社会变革的体验家。但有时候，作家的行为体验，会带来道德困窘。面对休养生息的民生，是否影响了其本态的生活？叙事与析理，全景式的呈现，又会不会陷入迷惘？心境的外在延伸，又必然要展示它的客观性——格雷安·葛林式的抵达之境，列维－斯特劳斯式的抵达之思，约翰·贝伦特的抵达之梦，奈保尔式的抵达之谜等。超越"本我"局限，注重"原象文本"，是非虚构写作意义的真髓。

当然，我们不是为了苛求意义本身，而是注重大大小小的生活场景所反映的真实的民生本态。它不是写意画，它是精雕细描的工笔。小生活也是大生活，小场景的现实故事即是大场景的历史。一个脚印，就是一行文字；一个身影，就是一个段落。

因此，"大地记忆"非虚构作品，以主体写作与大地文本联系为主旨，亲历边缘，为社会记录田野调查式的生存之相。精确和准确，细致和缜密，都应该毫不含糊。

这套书由作家担任主编，也是因为作家对作家的熟悉、了解，有针对性约稿、有针对性选题，关注那些不被关注的地域和群体。所选作家，都是有着多年丰富民间写作经验的作家和注重田野调查的人类学者。由此，编辑这套书的深意就不言而喻了。即为了留住此时代与彼时代的记忆，让文本有效地成为岁月变化的证词。这些作家在珍贵的调研中，以沉静的讲述，将秘密解蔽、敞开、呈现，真实道出了一个客观的、具体的、不加伪饰的、被无数理念改变了的大地状态，记录下人们共同的记忆、一切可能的集体印象的存在。我们应该感谢这些作家以辛勤的脚力和心力，写出他们生命中的重要作品，为我们捞回正在消逝的民生本来的存在。

这是对"记忆之死"的抢救，亦是对"国民记忆"的抢救。

这就是我们所认知的非虚构文本最重要的写作价值和存在价值。

目 录

早春的阿万仓

1

　　农历三月中旬，落了厚厚一场雪，甘南草原被白色的棉被盖得严严实实。街上行人稀少，车辆单调，草原小城显得异常寂静。一点都不意外，甘南的三月如果不落雪，反而让人深感不安。不曾知道江南的春色里有着怎样的柔情和缠绵，但我知道，早春的甘南如果没有雪滋润的话，这一年的沙尘就会飞得十分凶猛。就在三月下旬的某个黄昏里，我们终于赶到了当智家的牧场。

　　当智也刚刚从另一片牧场赶回来，他抖了抖身子，向我们打了个招呼，便去帮佳姆（藏语：媳妇）赶羊、提奶子了。雪早就停了，而无边无际的冷风依然扫荡着草原，帐篷四处

早春的阿万仓

直直挺立的衰草高低起伏，不远处的经幡发出呼啦啦的声响，几只藏獒巡视一圈，然后蹲在帐篷门口，半闭着眼睛，一动不动。黄昏的斜阳像少女害羞的脸蛋，一会儿，那抹红红的光晕渐渐隐入西边的云层里，四周瞬时暗了许多。

当智家最小的儿子道吉醒来了，这家伙有点懒，午觉往往要睡到傍晚。他爬起来，光着屁股跑出去，对着帐篷不远的雪地撒了一泡尿，然后又蜷缩在皮袄里，并用惊奇的眼神打量着我们。小家伙不到10岁，汉语说得相当流利，如果不是十分熟识的人，他是绝对不会开口的。我不是头一回进入这片草原，所以知道在这片草原上来回穿梭的外地人很多，大多都会来找当智，因而在小家伙眼里，他们都是过客，并不是朋友。我从背包里取出一袋糖，故意没有说话，直接扔了过去。小家伙立刻将头缩进皮袄里，一会儿又慢慢探出脑袋，一边看我，一边伸手将那袋糖迅速藏进怀里。看着他如此可爱的举动，我忍不住笑出声来。

当智到这片草原不到20年，近20年的风风雨雨里他收获了两个儿子，一群牛羊，还有一口流利的藏语。当智早年在工程队当钢筋工，我见到他的时候他已经有了第一个儿子——更登加，而现在，17岁的更登加已经成了大人，并且在另一片草原上放牧。当智在这片草原上定居下来，实际上并非他的心愿。听人说，当智在这片草原上打井的那些年月很是风流，给阿克（藏语：对长者的尊称）希道合家打井的时候就看中了希道合的大女儿拉姆。事情发生以后，希道合就将拉姆嫁给他，把儿子送到寺院去念经。当智也曾说过，虽然落脚在这片草原上，但也有过离开草原的念想，然而面对茫茫草原和成群的牛羊，那种念想渐渐隐退，从此，就以草原外乡人的身份死心塌地留了下来。更登加出生的第五个年头，拉姆被性格暴烈的野马摔死在草原上。后来希道合又把小女儿卓格草嫁给了当智。更登加没有去学校，而是随他阿米（藏语：爷爷）去另一片遥远的草原。这片草原上只有当智、卓格草，以及卓格草生的儿子道吉，他们共同看守着牧场。

当智原本也是高原汉子，所以他对草原生活没有经历十分痛苦的适应期。然而念经诵佛之事却很少去做，插箭、晒佛等活动却没有少过他的影子。一边放牧，一边抽空联络早年在工程队上的朋友们前来草原打井，他提供住宿，负责语言翻译，然后从中抽取中介费用，这样的想法和做法也只有当智想得出。赵家他们就是当智想方设法联系过来的。我跟随而来，目的却只有一个：满足自己的好奇心。

2

想起来也有七八年时日了。我第一次跟随当智去他所在的那片草原——阿万仓草原，恰好是隆冬。

高原冬日的清晨往往有很浓的雾，天空不再那么透亮而高远，干燥寒冷的空气令人时时感到憋闷和压抑——尤其在玛曲，这荒凉而硕大的草原之上。

玛曲是全国唯一以母亲河黄河命名的县城。多年以前，我翻阅过关于玛曲的很多资料：玛曲，系藏语"黄河"之意，位于黄河上游，属高山草原区，沃野辽阔，是天然的优良牧场，自古为游牧民族活动的场所，是历史上有名的河曲之地……

黄河从巴颜喀拉山出发，越过苍茫荒原，进入甘、青、川交界的广阔草地，来了个大转弯，并在青藏高原东部边缘的甘肃玛曲县境内形成了一个400多公里的"九曲黄河第一弯"，阿万仓草原就位于玛曲县南部黄河的臂弯里。阿万仓是著名湿地若尔盖、尕海、曼扎塘湿地的核心区，因水泻不畅而形成很多河汊与沼泽地，这些得天独厚的条件使这片广袤的草原水草丰茂、牛羊肥壮，也正是这些条件，这片草原才保持了它苍凉而壮丽的原生态。

第一次进阿万仓，目睹冬日笼罩下的草原，竟是如此的荒蛮凄凉。第一次翻越如此高海拔的大山，突然之间深感人生之路的仓促和不可预料。缭绕于山间的是绵密奔跑的大雾，它们似乎要吞噬尘世的一切，把所有的秘密隐藏起来，让仇恨看不见冰冷的刀子，让狼群看不见温柔的绵羊，让众生看不见生命的色彩。枯黄的草尖上悬挂着肥胖的晨霜，在没有阳光的照耀下，它们逼迫枯草低下往昔高傲的头颅。远处的山顶显得很平坦，奔跑的雾和它一样高，隐隐移动的羊群和它一样高。没有比它们更高的生命出现，或者，所有生命都不会达到这样的高度。在寂寞空旷的玛曲草原上游牧，我也曾希望自己是一枚叶片，渴望找到深秋的慈爱；也希望是一只孤独的蜜蜂，希望遇见成片灿烂的花朵。因为我知道，当柴薪爱上火苗，那注定不是消亡，而是无怨无悔地皈依。

按地图上的标识，越过红旗大队就到阿万仓了，可我们已越过了红旗大队，而阿万仓依旧缥缈不见踪影。草原深处的风夹杂着沉积在凹坑里的雪粒，斜射而来，车窗上很快就形成了薄薄一层冰花。路上不见人迹，寒风追赶着羊群，直到冻得僵硬的一条小溪旁边。那些羊抬起头，深情凝望着苍茫的草色，长长的胡须在烈风中不停飘荡，广漠天宇之下，它们像是高原上年老的长者，或是一群土著；它们在高原的寒冷中，等候阳光的到来；它们坚守着这一片草地，拥有我们无法拥有的生命体验。

阿万仓最近下了场雪，但不太厚。太阳出来了，四周的矮山和草原立刻被涂上了一层昏黄的金色，露出地面的枯草直直地挺立着，望着那山、那水，还有发尖上带有草屑和靴筒上沾有泥巴的人们，我仿佛步入另一个世界的开端。

　　当智在阿万仓乡有定居点，不过他在这里居住的时日相对少些。我和当智在阿万仓住了几日，他说起过去的所有事情，神情黯然。没有从他口里听到多少怨言，但是我感觉到，他对现在所拥有的一切依然持有怀疑。从一个浪子到父亲，这期间所经历的与正在经历的一切悄悄改变着他。而消磨他幻想的唯有时间。谁能抗拒时间对生命的消磨？当把一切交给时间的时候，也就认同了命运。一个认同命运的人，他的个性也许会在这种无法看见的认同里渐次消失。

　　时间的确让当智改变了身份，改变了性格。然而当谈起在工程队的那段岁月时他依然豪情万丈。当智的祖籍在南方，流落在高原也只有几十年。我和他从小一起长大，后来他去当兵，复员后一直在工程队。我在偏远的乡镇教书，他则四处行走，见面的机会自然很少。知道他落脚于阿万仓草原，也是偶然的机遇。

　　黄河几乎贯穿了玛曲大大小小的乡镇。虽说临水而居，但实际情况并不是那样。水在这个孕育水资源的地方，也开始变得稀缺。玛曲一些地方的牧民守着湿地却没水吃，已经开始挖井取水，这让许多人无法理解。自古以来，人类的战争无非是土地和水源。长居草原，草山纠纷早已司空见惯，牧民从几十公里背水并不是书本里或图片上的夸张。当智是个十分聪明的人，他联络许多朋友前来草原打井，一方面解决了牧民的饮水问题，另一方面积累了自己的财富。草原上的牧民们都不把他当外乡人看待，因为他的聪明，也因为他的确为大家解决了许多实际而具体的困难，因而他在草原牧民心中有着很高的威望。

3

当智进入帐篷时，天差不多黑了。卓格草也来了，她在皮袄上擦了擦手，开始给我们倒奶茶。外面静悄悄的，风在突然之间停止吼叫，我心里嘀咕着，雪还会继续落下来的。

赵家和他的两个朋友拉着脸，不吃不喝，时不时看着我。我看了看当智，也不知道该说什么。出来已经有半个月了，打了十几口井，都没有打出水来。赵家是工头，那两人是他雇来的，每天都要发工资，况且发电机里的汽油和钢管也所剩不多了。跑一趟县城本来就很不容易，何况连日大雪。

当智说："快半月了吧。"

我点了点头，没有开口。

"应该能打出来的，这里距离黄河不远，地下水应该很丰富。"当智蛮有把握，但他根本没有看见挂在我们脸上的担心和忧虑。

我说："应该的事情多了去，偏偏摊不到我们头上。"

在草原上打井我是头一回见。赵家也是听信了当智的话，才找朋友到这儿来的。我并不靠打井生活，可赵家他们却不一样。赵家给我打电话问询过，我的信口开河，加上想象与夸张，使赵家放弃了去其他地方挣钱的念头，义无反顾地来到这里，现在看来我真是做了一件不该做的事情。看着他们愁眉不展的样子，我的心里有些不安，也有些焦急和悔恨。有啥办法呢，很多时候我们都把握不住自己的命运，何况在无情的自然面前。

当智似乎也累了，打了个哈欠说："再坚持几天吧。"

帐篷里几个男子横七竖八卧着，忧愁不见了，唯有如雷般的鼾声。我闭着眼，却没有丝毫睡意，心里盘算着该如何结束眼下的这个尴尬局面。

草原湿地没有水，这似乎说不通。半月时间说起来很短，其实对打井而言已经够长了。黄河平铺在草原上，她将所有奉献给这片土地，然而当我随着赵家他们从一片草原走向另一片草原的时候，看到的景象并没有书本里记载的那样美好。大片大片的草原已经开始沙化，碧绿如茵的草滩也开始出现花白，遭到破坏的植被露出卷曲的根须，它们在风雨的侵蚀和阳光的暴晒下开始枯萎。原本肥厚的腐殖土也只留有薄薄一层，遭到严重破坏的四周全是黄沙。我想不到让草原变成如此模样的直接原因，与这一切唯一能联系起来的大概也只有和挖冬虫夏草，以及挖秦艽、红参之类的药材有关。草原承包到每个牧户之后，大家似乎失去了共同保护草原的那种意识，都在自己拥有的草场上寻找很快能富裕起来的方法或捷径，因而每年的三四月总有数不清的身影出现在这里，他们结伴而行，扶老携幼，将身体交付于草地，以一种苦难的姿态换回高原的恩赐。而这样的恩赐真能让我们得到富裕？我的心里突然生出一种前所未有的迷惘。

　　能把握住自己命运的人，定是生活中的智者。当智，赵家他们，还有我，谁把握住了？这使我想起一个古老的故事：

　　　某人被俘，国王向他提了一个问题：女人真正想要的是什么？如果答出来就可以得到自由。那人苦思冥想找不到满意的答案。有人告诉他说，郊外的阴森城堡里住着一个老女巫，据说她无所不知。那人别无选择，只好去找女巫，女巫答应回答他的问题，但条件是，要和他最亲近的朋友加温结婚。女巫丑陋不堪，而加温高大英俊。那人说：不，我不能为了自由强迫我的朋友娶你这样的女人！加温知道这个消息后，对国王说：我愿意娶她，为了我朋友的自由。于是女巫告诉那人问题的答案：女人真正想要的，就是主宰自己的命运。那人自由了。新婚之夜，当加温在众目睽睽之下走进新房后，惊呆了，一个从没见过面的绝世美女躺在他的床上。女巫说：我在一天的时间里，一半是丑陋的女巫，一半是倾城的美女，你想我白天变成美女还是晚上变成美女？加温回答道：既然你说女人真正想要的是主宰自己的命运，那么就由你自己决定吧！女巫终于热泪盈眶，说，我选择白天、夜晚都是美丽的女人，因为你懂得真正尊重我！

故事充满了智慧，同时也告诉了我们一个朴实的真理：人其实都很自私，往往喜欢以自己的喜好去主宰别人的生活，却没有想过别人是不是愿意。而当你尊重别人、理解别人时，得到的往往会更多。我突然想到，当我们身处复杂多变的生活中，为生计奔波，为生存担忧的时候，谁能考虑这些呢？

我，当智，赵家，我们都各怀不同的希望和想法来到这片草原上，目的都是为满足自己的私欲，至于尊重和理解从何而谈？或许赵家他们的心里早已把我视为坏人，从意识里早就移出朋友的范畴。那么，我的心灵里对当智又将如何看待？

已经来了这么多天，坚持吧，或许明天就能打出水来，我还是坚信天无绝人之路！

4

果然，雪越下越大！

"这倒霉的天气。"赵家哭丧着脸，不停抱怨。

当智早早就出去了，说是到牧场看看。卓格草给我们倒好奶茶后，也退出了帐篷。外面很寂静，几只藏獒不见影子，帐篷四周的雪地上满是它们留下的花朵一样的蹄印。

走出帐篷，天地迷茫。看着毫无边际的白茫茫的世界，我竟然有说不出来的害怕。分辨不出方向，也看不到牛羊的身影。不敢去稍远的地方逗留，我在帐篷四处转了一圈又回来了。赵家百无聊赖，斜斜靠在卷起的一堆皮袄上。其他俩人吸溜吸溜喝着奶茶，不说话。我坐在赵家身旁，用肘轻轻碰了碰他，说："又下雪了，很大。"

"那就死心塌地坐着，等雪停了再说。"赵家语气坚决，但从他的口气中我还是隐约感觉到了他内心的焦虑和不安。当初的决定有点儿草率，要不此时安稳地坐在暖和的家里，哪有如此担忧？也怪当智说得好，一口井挣五百多块，换了谁不动心？都是贪念引起的，那为何又如此埋怨？看着赵家正襟危坐，我也变得急躁起来。

当智一直没有回来，牧场很安静，卓格草送来奶茶、酥油和糌粑之后，也不见了身影，只有道吉算是这个帐篷里的主人，几天时间里他慢慢接受了赵家他们，开始说话，而且说得很开心。

第五天下午，天慢慢晴开了。外面很冷，白白的阳光洒在草原上，丝毫感觉不到温暖。毕竟是春天了，雪大片大片开始消融，草原渐渐露出了它的本色——花白、苍茫而辽阔。踩在细软的草地上，迎着风，我想，真晴了，应该出发了！

当智回来了，他去更登加那儿了，说那边雪大，羊饿死了好多。当智心事很重，一回来就斜斜躺着，没有了热情的语言。

当智一回来，卓格草又去了那片草原。当智早就知道天亮我们就要离开，所以他拉我到另外的小帐篷里。太阳能电池坚持到后半夜的时候，彻底用尽了。帐篷里黑得伸手不见五指。我披了件他的衣服，不敢走远，掀开帐篷一角，就地解决了那泡憋了好长时间的尿。

天气晴了，外面没有风，却非常寒冷。稀稀疏疏的星星闪动着，似乎远在天边，而又感觉触手可及。看不清草地的样子，不远处赵家他们居住的帐篷也只是一团黑点。一切很安静，没有任何声音，这样的安静令人心有余悸。

我突然想起20多年前，我随父亲去扎尕梁拉牛粪饼的情景来。那次无法忘记的远行此刻又出现在我的眼前。

一辆牛车，吱吱地碾过沉寂而又扎实的大地。年迈沧桑的父亲坐在车辕上一言不发，晌午时分，我和父亲才到扎尕梁底。父亲的朋友早已在那儿等候，他们相互寒暄了几句，便朝扎尕山梁攀缘。我不知道扎尕梁在什么地方，听父亲说，扎尕梁的腰身一直伸到积石山那边。盘旋上升的山路突然变成了一片平坦的草地，路也失去了模样。车继续向前走着，然而风却更大了，我的双手已完全失去知觉。扎尕梁的天气往往使人出乎意料，三伏天有时也会飘起片片雪花。

平坦的草地猛地变成了崎岖无比的下坡，我惊恐不已，突然有一种身居高空的感觉，踏在脚下的仿佛不是草地，而是一团团柔软无比的云，意识深处有某种东西在奔跑，在涌动。隐约可见的是许多黑点，还有一条很长、很亮且细得要命的银带。我发现了一种突兀的景观，一种无法言传的快乐与舒适。车依旧走着，在一种缥缈的高空里走着。谁也没说话，落寞、孤零的情绪在我周围弥漫开来。身处高原，身处扎尕梁，身处茫茫云海，我感觉到这种情绪比扎尕梁本身的落寞与孤零还要可怕。我努力抑制着自己莫名的害怕，紧紧跟着他们。我当时想，一个人在这里，肯定会发慌；一个人在这里，肯定会恐惧；面对高原，领会它们的神奇与伟大时，肯定会有神灵出现。那些山与水，石与草，在突然之间都似乎有着呼吸。同时，我在意念中也似乎看到了众神和他们的使者正在这里逡巡，可他们看到的又会是什么呢？

帐篷里光线幽暗，灶膛里跳跃着火苗

离黑点与银带越来越近，我看见了许多沉默无语的牛羊和一条清清流淌的小河。它们多么富有灵性。遥远的山顶和眼前的一切构成了高原的灵魂。

天黑以前，我们进了帐篷。帐篷里光线幽暗，看见的只是灶膛里跳跃着的火苗。父亲的朋友端来了酥油、糌粑，还有煮好的奶子。吃罢，父亲和他的朋友在说话，而我却走出了帐篷，瞭望夜色笼罩下的高原。

低低的寒风呼啸着、翻卷着，似乎在诉说一个古老的传说。扎尕梁黑乎乎一片，它多么像另一颗悬挂在天空里的遥远的星球，闪着迷幻而又神奇的光芒，令人怦然心动……

第二天，我们装好一车牛粪饼，在父亲朋友的护送下，下山了。当我从父亲朋友的手中接过牛缰绳时，心里突然有种无法言语的酸楚。多少年后，我一直寻找这种酸楚的根源，可始终没能找到。或许，年轻的生命还不曾体悟高原无限宽广而沉寂的秘密。

同样是在高原，我在深夜里的阿万仓草原上，想起20多年前的旧事，一点都不奇怪。在不断增长的岁月里，除了思想变得复杂而外，剩下似乎只有不断苍老的身躯和无边无际的欲望。尽管过去了20多年，但我始终没有解开高原无限宽广而沉寂的那个秘密。

进入帐篷，当智劈头盖脸就骂我："你驴呀，就地方便？"

我没有生气，并且笑着说："怕藏獒。"

当智听我这么一说，也笑了。他说："藏獒现在可缺了，方圆也就我的这几只。"

"草原上不是很多吗?"我问他。

"现在很少了，前些年都让狗贩子整光了。"

于是当智便给我讲起一个特有趣的故事来。

"刚来阿万仓的那几年，草原上藏獒可以用成群结伙来形容，我都不敢出门。有一天，外地收购皮毛的一个贩子刚来牧场就被藏獒追赶。眼前是无垠的草原，身后是凶猛的藏獒。那家伙大概看到穷途末路，于是就豁出去。他见藏獒越来越近，突然停下来，脱下了裤子，露出他的'家伙'来。藏獒没见过那样的东西，于是便踟蹰不前。那家伙见藏獒停了下来，便又将上衣扣子解开。藏獒开始后退，这时候，那家伙不失时机大吼了一声，藏獒发出尖叫，沿原路飞奔而去。算是捡了一条命，但他也吓出了一身病，在阿万仓一牧民家住了下来，一月之余双腿还发软，不能阔步。"

当智还没说完，自己早就哈哈大笑起来。笑完之后，又说："你想想看，藏獒常年蹲守在草原，它哪里见过那样的怪物。藏獒估计把他的那东西看成了盒子枪，没了底气，而胆怯后退了。"

当智停了停，接着又说："藏獒少了，现在的藏獒都成了宝贝，都在人的怀里，懒得动，估计早就失去了昔日的烈性脾气，而变成了温顺的小狗。"

我想，这样的事也仅一次，故事到这里，大致也成了绝版。无论他说的是故事，还是事实，我的确想起了另一件真实的事情来。

"草原上失去领地狗以后，人的麻烦就多了。"这是十几年前我第一次到草原随朋友去牧场，听一位阿依（藏语：奶奶）说的。她一边说一边用宽大的袖筒擦了擦眼睛，"你看，这儿一群，那儿一帮，很难分出是谁家的了"。

我朝她手指所指看去，才发现东一片西一片草地上的羊身上都涂满了红的、黑的、绿的、蓝的不同颜色，草原看起来像一张五彩缤纷的花毯子。

那位阿依继续说："整个乱了，羊群不听人的使唤，像天上的星星一样，吃饱也不扎盘。"

"领地狗？"我也是第一次听说。

"那时候，草原上狗很多。"阿依一边倒奶茶，端酥油，取糌粑，一边说，"狼群轻易不敢进栅栏，就算骚羊，也不敢随便窜进别人家羊圈里去。"

"狗成了草原刑警，狼就会选择新的据点去生存。"我当时想。

"早晨一打开栅栏，就不用人操心。领地狗在自家草原四周尿一泡尿，羊啃草啃到那儿就会自动回首。别人家的羊啃到那儿，也会自觉掉头的。"阿依说到这儿，便深深叹了口气。"都让那帮'土匪'给害了。"

"土匪？"我再次陷入迷雾中。

"不是吗？狗都让他们给悄悄贩光了。"阿依说。

"他们贩光了狗？"我始终没有明白。

阿依说："是挖矿的那帮'土匪'。你说他们不好好挖矿，倒打起狗的主意来了。"

我似乎明白了一些，自从玛曲草原发现大量矿藏以后，这里的确驻扎了许多工程队。

阿依说："他们成天在草原上转悠，是防不住的。他们用尽各种办法。"她不住擦眼睛，"草原上出了内贼，要不他们也很难下手。现在草原乱了……"

是的，领地狗的领地意识很强，一只狗能看好整个一片草原，人怎么能做到呢？况且，领地狗被贩卖后，失去生存的领地，它的领地意识就会渐渐丧失。这不是绝种是什么？人只看到利益，不会想那么长远。人只会给自己制造烦恼，烦恼也是因为利益的驱动。

美丽的草原上原本许多有趣而神秘的故事也在人们大肆破坏之下，渐渐失去了趣味性，所有一切似乎只讲求利益，那么，这样的利益纵然带来无尽的富裕，可是那样的富裕到底将我们推向怎样的境地呢?

当智讲完故事之后早就在一边打起呼噜来,我想,赵家他们也定然在梦中了。对于打井一事,我彻底后悔起来。但我说不清,也道不明,最初的意识里带着的是怎样的一种欲望?

5

第二天,我和赵家他们离开了当智家牧场,去了更遥远的地方。是当智提前联系好的,所以没有太多的担心。

用完最后一根钢管和最后一滴汽油的时候,我们在草原上已经待了26天。

打井也是很苦的活,从一个地方到另一个地方,发电机、电焊机和汽油桶要我们自己抬,钢管要我们自己扛。钢管有八厘米粗,一端焊有尖利的头子,并且周身打满眼孔,用锤打到草地深处,如果不见水的话,就需要继续焊接另一根,然后继续打,继续焊接,一直坚持到打进去15米,仍不行,继续深进20米。我们把一根根钢管打到草原深处,没有打出水来,打出的只是浑浊的泥团。那些被打入草地深处的钢管是取不出来的,这些损失唯有赵家一人承担,这是多么沮丧的一件事情!当我们对生活寄予无限希望的时候,得到的却

来自异地他乡的各种消息会给他们带来什么

是绝望，这又是怎样的一种感伤呢！那些钢管将永远留在草地深处，几百年过后，探险家们再次发现它的时候，它的身份肯定会成为许多人争议的另一种可能。但我不敢说，当年我们将钢管打进草地的行为到底是为了解决牧民群众的饮水问题，还是为了自我生活变得更加富裕？这样的行为给草原带来了什么？给人类文明不断前进的时代又带来了什么？

想方设法联系到去县城的车，没有再去当智的牧场和他告别，拉着那台破旧的发电机和电焊机，我们返回了。来时怀揣着的所有梦想彻底破灭在早春的阿万仓草原上。赵家不说话，我也似乎找不到可说的话题，大家都沉默着。

"阿万仓草原位于甘肃省玛曲县南部黄河的臂弯里，草原距离玛曲县城50多公里，黄河自西向东从青海久治进入玛曲木西合，因水泻不畅而形成很多河汊和沼泽，使这片广袤的草原水草丰茂、牛羊肥壮。

"这是一片边远而消息闭塞的美丽草原……湛蓝天空下，漫无边际的青青草原，洁白的羊群，黑黑的牦牛群，星星点点，悠然自得；草原上条条溪流弯曲纵横，沼泽星罗棋布，在阳光下泛着银光，美轮美奂；远处不时有天籁般的牧歌飘过，原始古朴；一切是那样静谧、和谐，处处是连绵不断的画卷；这里除了自然还是自然，千百年来，一直就是这样，历史更替兴衰，阿万仓草原依旧远离都市的喧嚣，没有现代文明的污染。"

坐在赶往县城的车上，想起前些日子一本画册上的这些优美的宣传，我心里十分沉重，说不出一句话。

是的，草原渐渐明亮起来，远远看去已有绿意，春天真的来了。我不知道赵家他们的下一站在哪儿，也不知道草原的明天将有着怎样的变化！

阿万仓的春天的确来了，寺院，饭馆，商铺，裁缝店，修理铺，它们都在草原腹地沐浴着春日明亮的阳光，接纳着来自四里八乡不同人群的生活方式，倾听着来自异地他乡的各种消息。通向贡赛尔喀木道（藏语：具体指贡曲、赛尔曲、道吉曲三条河流与黄河汇流之地，是玛曲有名的湿地风景区）的柏油路更是闪闪发亮。不久的将来，这里肯定人满为患。阿万仓草原依然敞开宽阔胸怀，然而谁知道它将失去什么，而我们又将得到什么。

遥远的香巴拉

1

　　从立夏开始天就一直阴着，小满过后却下起了大雪。恰逢周日，何况连日来的天气不尽如人意，因而没有出门的打算，可嘉措的电话惊扰了我的梦。连日来，我经常做些奇怪的梦，要么在草原上纵马驰骋，要么在黄河岸边浅酌低吟。总之，我的梦一直紧紧连着草原和黄河。

　　翻身挂掉电话，嘉措并没有因为我挂掉电话而放弃打扰我的梦，不但如此，反而一阵接一阵。要继续睡下去的意思全然没有了。洗脸，刷牙，吃早饭，之后又磨蹭了好长一阵。这段时间里，嘉措的电话一如既往。我知道，平常他是很少给我打电话的，偶尔一个短信，话语也是颠三倒四。

和嘉措自然是最好的朋友，认识也有好多年了。嘉措的牧场在距离玛曲县城100多公里之外的木西合。想起来大概二十几年了，当年在村里年轻人的诱惑下，我去过木西合，那真是一个相对封闭的王国，大巴车在草原上整整跑一天才能到。

那时候玛曲县的各个乡镇及牧场几乎是大家发财致富的源头。和我一起上高中的好几个人因此而丢弃了书本，想方设法拜托熟人去玛曲草原的牧场上砌墙，盖房屋。墙是用草皮砌的，要用锋利的大铁铲，先找一片植被非常厚实的草地，然后用铁铲切一个长方形口子，最后用铁锹连根挖起来，削平底部，一块一块码在草地上。等晾晒几日，再用它们砌墙，最后在砌好的墙上搭些椽子和木板，漂亮而简易的房屋就修好了。

草地都是自己承包的，所修房屋必须在自己所有的草地上。一个小房屋需要好多草皮，有些草皮看起来很厚实，但在挖铲的过程当中也会粉碎。那些被切平晾晒的草皮就是草原上的"砖头"，但获取这"砖头"的代价的确很大，两人一组，从早晨开始到晚上歇工，实际上是挖不了多少的。

二十几年前我目睹过乡亲们在草原上用草皮修建房屋，从青草发芽到草色衰败，然后拿着大把票子回家过年。说实话，我动过心，也有过和他们一起挖铲草皮的冲动。

　　不知道嘉措如此心急火燎打电话到底为何事?

　　嘉措住在木西合, 草场大, 牛羊多, 日子过得特不错。我们的交往很单纯, 在草原上挖铲草皮搭建房屋的那段日子, 我和他一样都是个大孩子。那时候的嘉措还不会说汉语, 所以在广阔的草原上我们是相互教话的朋友。那以后, 十几年失去了联络, 一直到我在玛曲中学支教时才找到了他。似乎变得很陌生, 相互之间说不上太多的话。毕竟孩子时代的交往和成人之后的相遇, 中间有了许多现实生活的经历与打磨。我在木西合找到嘉措的时候, 他已经是两个孩子的父亲。

　　嘉措上过几年学, 后来由于多种原因, 就一直看守牧场。我在他的牧场住了几日, 他也说了许多新的想法。说实话, 我对牧场上的事情一无所知, 因而也不便多说。嘉措当时就笑话过我, 说我还是读书人, 还当干部呢, 一点办法都没有。后来我们在电话里才慢慢地彻底熟悉了起来, 也是通过电话, 才找到了少年时代那种久违的感觉。

　　嘉措的电话又来了。

　　电话里的他嘿嘿笑了几声, 说:"这么迟了都不愿意接电话? 还在忙? 小心你那尕身子。"

　　我索性接过话头, 说:"知道忙你还接连不断打。身子你就不用操心了, 好着呢。"

　　我们随便聊了一会儿, 他才说打电话的具体原因。原来嘉措在木西合新开了一个叫香巴拉的旅游点，着急忙慌要我过去。

"你知道香巴拉在哪儿吗？就在我这里。"电话里的嘉措一边说，一边激动得喘着粗气。

"能行吗？旅游点到处都是，你不放牛羊了？"我说。

嘉措说："牧场不能丢，但生意还是要做。现在情况不一样了，不折腾就会落后的呀。"

嘉措的话说得漫不经心，然而我听着却不再是惊讶，而是某种担忧，某种无法说出的高兴，还有担忧与高兴背后同样是无法说清的困惑。

2

嘉措在木西合要打造一个香巴拉，这大概是他心头的愿望。这样的愿望无疑是宏大的，可我无法猜测，他的这个香巴拉旅游点是在怎样的想法和基础上建立的。我应该去一趟木西合，何况自上次一别，也有十多年光阴了。

木西合位于玛曲县境内西南部，地处阿尼玛卿山南麓，黄河上游西岸，西北高，东南低，西北部高山海拔均在4500米以上。东与阿万仓乡接壤，南、西与青海省久治县门堂乡相邻，北与欧拉、欧拉秀玛乡毗邻。1960年建群强公社，

1984年更名木西合乡，距县城100多公里。不同于其他乡镇，木西合虽然有沃野千里的草原，而整体上却是山大沟深。多年前的简易公路稍微有了变化，平整宽敞多了。但这条路最近又在重新修建，泥泞漫道，走起来似乎比20年前还漫长。

从县城找了辆出租车，师傅不大说话，路上方便一下，还要翻来覆去求好几次，弄得人心里极不舒服。我想，在这样的地方打造香巴拉，岂不是自寻死路？

下午5点多到了木西合，乡政府驻赞格尔塘。相比往昔，赞格尔塘干净整洁，的确有了翻天覆地的变化。

嘉措早早在停车的地方等我。我刚一下车，他就一边给师傅掏车费，一边从我手中接过背包。

我连忙抢过去，车是我租的，没有理由让人家掏钱。

嘉措笑着说："到香巴拉来了，钱是不用掏的。"

"香巴拉原来也是大雪纷飞呀。"我没有执意和他抢，因为我知道，抢来抢去肯定会伤他面子的。我还知道，草原上的汉子就认准一个人。一旦认准了，为此两肋插刀，肝脑涂地，也不会皱一下眉头。

嘉措愣了一下，然后哈哈大笑起来，说："这场雪是你带来的。"

时值夏天，高原上依然白雪皑皑，寒风刺骨。白色和绿色的分野处，一条隆起的黄沙带清晰可见。不远处，是正在啃食青草的羊群。更远处，是种在黄沙带上半人高的高原柳树。更为遥远处，则是茫茫云雾，是若隐若现的高山轮廓。这和我在20多年前看到的木西合多少还是有点不一样。嘉措和我并肩而行，一边走，一边指指点点，不断说着他的香巴拉。

我们转过不大的木西合乡政府，走到路的尽头，所有房屋一下消失了，展现在面前的是茫茫草原。

"你的香巴拉在哪儿呢?"我迫不及待地问他。

"看，这不来了吗?"嘉措朝前方指了指。

前方的草原上有两辆摩托车风驰电掣般正向我们驶来。我没说什么，本来应该想到，然而我在心里还是咒骂了他几句——至少可以找辆车的嘛。

摩托车在草地上行驶了半个多小时，快要冻僵了，也是因为刚刚下了雪，草地滑，况且各自都载着人，所以走得慢。

从摩托车上下来，我不断跺脚，搓手。

嘉措看着我的样子，便用鄙视的口气说:"当了干部，你可娇气多了。"

我没有理他，心里真有点怨恨。

"看看，这就是我的香巴拉。"嘉措用傲慢的口吻一边说，一边张开双臂，似乎要把整片草原拥在他怀里才甘心。

我依然没有说话，也没有随他所指而张望。

嘉措似乎看出来点什么了，又说："不是我小气，都有自己的香巴拉了，还在乎找辆车？你要知道，车在这么好的草地上来回跑几趟，那要碾死多少青草？我们有规定，凡是来香巴拉的人，都要步行到这里，让你骑摩托进来，算是网开一面啦。"

听他这么一说，我心里顿时有所释然。要怪就怪这鬼天气，大夏天竟然雪花飘舞。要不踩着青草，踏歌而行，看云卷云舒，听蜂蝶嗡鸣，那才是走向香巴拉的感觉。

我们没有直接进帐篷，嘉措带着我在四周草原转了一圈。这里说不大，却有十几座帐篷；说大，这点儿帐篷所占面积在辽阔的草原上就不值一提了。中间最大的帐篷能容纳四五十人，四周的小帐篷少说也能坐一二十人。大帐篷是工厂里做的，上面印有吉祥图案；小帐篷全是用牛毛织的那种，古朴、典雅、大方。所有帐篷云集一起，既保持了传统的游牧特色，又体现出了现代意识。帐篷里全是雕花的木质长条桌子，铺了地毯的同时，还配备了宽敞的桌椅，既可以坐，也可以睡。帐篷形成了一个不规则的圈，圈外不远的地方有白塔，也有横七竖八拉着的经幡。一切完全符合户外旅游的所有需求。这个季节应该是旅游旺季的开始，应该有接踵而至的人群。或许是天气的原因，而嘉措的香巴拉反而显得十分冷清。

嘉措自以为有了伟大的发明就可以拉来成群结伙的游客，其实，这样的旅游点在我所到之处并不少见。政府为打造地方旅游产业，鼓励群众参与旅游开发，可结果往往不尽如人意。我和嘉措在帐篷里，他一边吆喝服务员不停地添奶茶，一边说他的这个香巴拉旅游点和其他旅游点不同。嘉措对开这个旅游点有自己的想法，他说了半天，我才明白过来——就是要打造原生态旅游点。

　　想想也是，他的确是抓住了现代人向往原生态的心理。然而这其间不可调和的矛盾他怎么能看得到？既然是旅游点，何谈原生态呢？尽管他在经营管理上制定了不允许车辆进入的制度，可一旦这个旅游点红火起来，这一切就将不可遏制地被摧毁。

　　回归自然深处是一件好事，但是好处在哪儿？做些什么才真正有利于迈进自然深处这个奋斗目标？于是自然深处便有了公路，有了给实现奋斗目标的人可以吃住的场所，接下来就有了机器，有了尔虞我诈，有了厮杀与拼搏。发展旅游并不是把公路修到美丽草原的一项工程，而是要把某种真正深入自然的意识修建到尚不美丽的人类思想中的一项工作。所有的旅游产业都会消费大地资源，但我们绝不能让交通运输引领着，那样我们的意识就会迈向崩溃的边缘。我敢肯定，嘉措尽管制定了不允许车辆进入他的香巴拉旅游点的制度，但他绝没有这样去想。最实际、最可靠的是他看到了经济效应，而不是长久的人与自然共存的关系。当然了，有了经济的牵引，所有的关系都会沿各自预期的目标前进的。

我就此也想到了前些日子去过的一个叫纳加的牧村。纳加村在迭部县扎尕那脚下，也是借了这几年扎尕那旅游开发风生水起的先机，纳加村集全村人力物力，在扎尕那山脚下修建了一处游客招待中心。招待中心由村委会推选一名具有声望的人具体负责，村民搞服务，吃住行集于一体，条件与环境无可挑剔。

负责人对我说："这是全村人集资修建的，富裕的人家可多投点，贫困的量力而行，等盈利之后，便可还清村民的集资，再等赚大了全村群众便可平均分红。"

这种平均主义的旅游经验模式我是第一次听说，也是第一次目睹。不知道这样的模式能否长久经营下去。我不担心这种模式下赚不回资本，倒是担忧人心在复杂多变的现实中会有所迁移。

纳加村四周环山，生态保护得非常好。进村的只有一条水泥小道，小道两边树木郁郁葱葱。纳加村还有村规民约，限制村里年轻人的种种不法行为，包括砍伐树木、挖矿石、采药，甚至不准抽烟，不准喝酒。我当时听着感觉不可思议，怎么可能？

我问过村委会负责人，他告诉我说："大家都在寺院里发过誓，这个根本不用担心。"在寺院发过誓就可以杜绝一切？人性所有的恶皆来自贪欲，而信仰的慈悲恰好抑制了心灵的邪恶。倘若大家都有了这样的思想，那么我们就没必要担心现实带来过多的痛苦与烦恼。可尘世的众生太缺乏这样的信仰了，因而这样那样的要求，或许根本只是个幌子。

　　"人生中，快乐带给我们愉悦，痛苦带给我们回味。真正的快乐，我们很难记起，但痛苦往往难以忘却。"我在看《一切都是最好的安排：加措活佛的人生加持与开示》的时候，就死死记住了这句话。事实上，现代人的快乐和愉悦都是建立在贪欲之上的，痛苦也是建立在贪欲之上的。我不敢对我的好朋友嘉措去说这些话，但也似乎看到了他的香巴拉旅游点的未来。香巴拉到底有没有？在哪里？我想，在嘉措自己的心里，这大概也是个缥缈而遥远的童话世界吧。

3

　　帐篷里很冷，外面又零零碎碎飘起了雪。不能住在香巴拉旅游点，我们必须返回木西合乡政府。

　　两辆摩托车穿过茫茫草原，在风雪的扑打下，我们都变成了僵尸。走到木西合乡政府的时候，天也完全黑透了。

　　嘉措要我住在他朋友家，我坚持着还是选择了乡政府旁边的一个小旅社。小旅社里有牛粪火炉，倒是很暖和。饭在帐篷里吃过了，但嘉措还是弄来了几袋零食。他像个小孩子，一边望着我，一边不住将那些零食往嘴里塞。

　　我笑了笑说："胃口真好呀！"

　　他也笑了笑，同时将袋子递过来，说："饿了就要吃。"

　　我的记忆中，嘉措就是这个样子。那时候在草原上他总是带我寻找吃的，一把小巧的铁锹，挖出不知名的带泥的根茎，在皮袄襟上一擦，就吞进肚里。也没见他吃出什么毛病，几十年后的今天，他依然壮实如牛。

　　算是吃得差不多了，他接连打了几个嗝，敞开衣衫，在肚皮上拍了拍，然后问我："你实话说，我的那个香巴拉旅游点能行吗？"

　　"没问题。特好的。"我说。

　　其实我早就知道，他一定会问到这个问题的。因为嘉措开这个旅游点，实际上他的心里也很虚。

　　"你们没有一个说实话的。"嘉措吧唧了一下嘴巴，倒了一杯开水，坐到我的床沿边。

　　我说："那你觉得哪儿不对呢？"

　　嘉措说："当初他们都说一定能赚大钱的，可现在都到夏天了，怎么还不见人来呢？"

"会有人来的，你别担心。"嘉措兴致勃勃大办旅游点，何况正在兴头，我不忍心给他泼凉水。再说了这段时间雨雪连天，等天气晴朗，或许就人满为患了。但是我知道，甘南的旅游旺季加起来也就一个多月时间，特殊的地域环境注定了旅游产业无法取得长足的发展，也估计很难形成大的规模。相反，地方政府在旅游产业上的投入恰好是规模巨大，入不敷出是早就注定了的。

我转过话题，对嘉措说："牧场情况怎么样？"

嘉措突然之间神色黯淡下来，他说："佳姆看着，牛羊都不多了，全家人耗在牧场上前途不大。"

我又问他："不是有许多牛羊的吗？"

嘉措无奈地笑了下，说："卖得差不多了。"

我又问："真想在旅游点上谋发展吗？"

嘉措停了好长一阵，然后才慢慢说："你也知道，木西合虽然有黄河，可还是缺水，成片成片的草原就因为缺水而变成了黑土滩，再继续放牧，我的牧场面积就越来越小了。"

这个情况我知道，玛曲是黄河上游重要的水源涵养地和补给地，黄河在玛曲段注水增流量占黄河源区径流量将近百分之六十。而近些年的水资源下降，其主要原因并不是三言两语就能说清的，但我们目睹到的的确是沙化的草原面积越来越大。嘉措仅仅将沙化归结为水资源的短缺，很显然是片面的。尽管政府实施禁牧休牧、补种草籽、鹰架招鹰以及药物治鼠等措施，用来保护草原植被，力求使退化的草地植被得以恢复，但这是三天两头就能办到的吗？

嘉措也说到草原沙化的治理，他说："大家都在政府的带领下，在流动沙丘、重度沙化地区域采用围栏封护和栽植灌木等办法，试图遏制草地沙化的蔓延。但草原沙化、退化面积较大，加之一些地方超载放牧问题依旧突出，生态恶化的趋势仍未改变。这样的情况，怎么能够安心放牧呢？再说了政府大力支持我们搞旅游，所以我就想到开个旅游点。我看其他地方像我这样的旅游点特别能挣钱，他们的环境还没有我的好呢。"

我完全理解嘉措迫不及待想赚钱的心理。但我就此说不出也指点不出更为有效的途径。奇怪的是那夜睡在小旅社里，倒没有了乱七八糟的想法。一夜无梦，比睡在家里都踏实。

4

嘉措还在被窝里蒙头大睡，我没有刻意叫醒他，一个人走出了房门。雪停了，毕竟是夏天，接连几天下的雪早就不见了影子。天气依然很冷，街面上更为冷清，然而却十分干净，几乎找不到纸片灰渣。我绕木西合乡政府转了一圈，吃了一碗牛杂碎，给嘉措买了两个花卷，就匆匆回到小旅社里。

嘉措已经起来了，并且生着了火，茶壶里的水吱吱作响，房间暖暖的。我递过花卷，他接过去，像是有人要抢一般，先咬了一口。

我说："等水开呀。"

"嗷赖（藏语：表示肯定，相当于是）。"他应了一声，放下花卷，一边倒水洗脸，一边笑着说，"不洗脸吃东西，在干部眼前丢人了。"

他见我呵呵笑着，便又说："外面冷吧？感觉怎么样？"

"很干净。"我说，"过去和现在没法比。"

嘉措也笑了，说："二十几年了吧，你们都住楼房了，难道就不允许这里变化一下？"

"真的很干净，好像有人刚刚打扫过一样。"说真的，我的记忆之中，那时候满街都是牛粪、灰渣、塑料袋，一起风，简直无法形容。

"就是专门扫的。"嘉措扭过头，很认真地说。"这里快要成香巴拉了，你说不干净能成吗？我们必须加倍珍惜、高度重视对草原的尊重和保护，让它变得越来越美丽……"

没等他说完，我已笑得直不起腰来。

"这些话你背得倒是很熟呀，你整个香巴拉，到时候人山人海，何谈尊重和保护？"

嘉措愣了一下，然后摔下毛巾，似乎要和我打架一般。我连忙说："赶紧洗脸，吃饭。"

水开了，我把茶壶挪在炉子边缘，盖上炉盖，倒了两杯开水，坐在床边看着他狼吞虎咽的样子。转眼间两个花卷不见了影子，一杯开水也点滴不剩。和昨晚一样，嘉措打了几个嗝，摸了下肚皮，然后讲起欧拉乡卓玛加布的事情来。

"卓玛加布50多岁了，已经是儿孙满堂，他创办的铁丝围栏加工厂运营良好，生活富足，但他并没有安享晚年，而是选择了辛劳奔波地治理环境。

"早在10年前，卓玛加布第一次带领全村人开始大规模治理整个村子的环境卫生。草场承包到户，每家每户的草场上堆积着各种生活垃圾，看起来又脏又乱。卓玛加布甩开膀子，清理草场上散放的炉灰、旧衣物、牛羊尸骨等垃圾，做出样子让村民们看。看着卓玛加布的草场环境那么好，逐渐地村民们也学着他的样儿干起来了。于是清理垃圾成了卓玛加布的家乡欧拉乡达尔庆村牧民群众的习惯。而且每年3月初，达尔庆村全体村民都会自发组织，在水源地、河道等处清理垃圾。渐渐地他们的环保行动影响到了更多的牧民，每次大型清理活动开展前，牧民群众都会自觉将各自草场上的垃圾集中堆放在路边，卓玛加布统一拉走，集中处理。

"的确，那些垃圾不但影响环境，牛羊不小心吞下塑料袋，还会要命的。清理垃圾，是要花钱的，他那样做绝对不是为了炫富，而是真的发自内心地想为草原做点什么。过度放牧导致草原退化，甚至大的气候影响下的破坏，这些大事情一个人做不了，但清理垃圾，应该是谁都可以做的。

"卓玛加布的行为感动了我们，现在县城的每个乡镇都很干净。大家都很自觉，不像以前，只有把自己的家才当作是家。"

嘉措有些激动，他继续说："我开香巴拉旅游点，第一个想到的就是不允许车辆进入，等赚了钱，我会拿出一部分，买草籽，买树苗，让那些黑土滩重新绿起来。"

我突然很佩服嘉措，他的这些话句句铿锵有力。但我又觉得他好像忽略了某些因素，到底是什么？我呆呆地坐在床沿边，一时半刻脑子里空空如也。

5

三天之后，天晴了。没有骑摩托车，慢慢走着，聊着，未到中午，我们就到了香巴拉旅游点。

阳光终于出来了——整个草原立刻被一层迷雾笼罩。迷雾在我们眼前慢慢地移动着，奔跑着，让人难以觉察。它轻轻向我们压来，它就是一团白色的幻影。它向前推进着，又向高空飘拂，同时又带着细小的水珠，低低滑向河谷。顿时，一种独有的宁静包裹住整个草原。

这时候，我听到从天空的某个遥远的深处，突然传来刺耳的喇叭声。接着便是与其呼应的嘈杂声，穿过迷雾，撒满草原的整个空间。那些草原鼹鼠，上天雀，还有正在拔节生长欲将开放的独一味，甚至在草尖上忙碌的蚂蚁，它们统统躲藏起来，然后在某一处静静观察着，直到恐惧的全新的一天到来……

我知道，这是我在意识里幻想的另一幕。如果我们把所有的精神追求都建立在金钱之上，这一天难道还会遥远吗？

嘉措的香巴拉旅游点的确十分优美，也完全符合或具备追求田园牧歌般生活的人们的精神理念，或许嘉措真能在这里捞到人生的第一桶金，但他的意识里绝对是对金钱的膜拜，至于他所说等赚到钱，再投入治理环境，想法不容置疑，但等到那个时候，很显然一切都来不及了。旅游点在不断扩大扩展的时候，一种新的挖掘和开垦就会流行起来，那种流行绝不会限于这一处。那时候，我们看到的草原将是被划成大大小小的方格子，到处都会成为星星点点散布着扒开草皮的空地，或是黑土滩。当草原变成新的地质时期，最后一只上天雀也会和我们作别，轰鸣的机器冲破寂静，香巴拉真就成了银河之上某个星座的代名词了。

谁能给我们指点一条真正通向香巴拉的路

香巴拉在何处？谁能给我们指点一条真正通向香巴拉的路？

香巴拉到底在不在？谁能告诉我们真正的人间天堂在哪里？

谁都不能，谁也不会，只有我们自己。也只有我们从身边的点滴小事做起，不再将自然的赐予恩将仇报，满怀慈悲，对天地万物持有敬畏，其实就够了。可是有些事情的确不在我们的掌控之内，你无法在理想与现实中完全将自己剥离。在各种生活的迫使、各种欲念的引诱以及各种矛盾的驱逐下，所有深藏心灵之恶会被无限制地放大，甚至到达巅峰，不可遏制。

我对朋友嘉措的这种做法没有质疑，对他的有些想法也很赞同。因为我们共同生活在茫茫红尘中，社会环境的变化将无孔不入地进入我们的心灵世界，人毕竟是社会的人，谁也做不到彻底地逃离或反叛。

6

空旷的草原上响起了《香巴拉并不遥远》这首歌。我睁开惺忪的双眼，发现帐篷里早就没人了。说实在的，住在帐篷里，住在空旷的草原上，有点不大习惯。帐篷里的一夜我一直处于半睡半醒之间。

我爬起来走出帐篷，外面的阳光十分明亮，甚至有点刺眼。嘉措他们正在一处很大的空地上跳着锅庄舞，不仅仅是旅游点上的几个服务员，而是一群人。

嘉措见我从帐篷里走了出来，便从跳锅庄的圈子里跑过来，高兴地说："来客人了，来客人了。"

我说："你们不接待客人，怎么全都跳起来了呢?"

"客人要求跳锅庄舞，他们只知道我们这边会跳锅庄舞，没见过，不会跳，自然就需要我们带领。"

嘉措看起来春风满面，我想，来的那帮人肯定是外地的散客。外地人不了解藏地习俗和文化，大凡听说，到了这里自然不会轻易放过。

"中午要准备藏餐，来香巴拉一定要让他们吃藏餐。"嘉措说。

"这个自然，但不见得他们喜欢吃，或习惯吃。"

"这个我不管，我的香巴拉饮食特色就是藏餐。"嘉措开始和我犟起来。

我说："你还是在饮食上下点功夫，不要清一色藏餐，那样会慢慢导致客流量的减缩。"

"那我就再开个小铺子，准备些零食。"嘉措说着便嘿嘿笑起来。

"这个老家伙，现在变得满脑子都是如何赚钱，竟然把自个儿的爱好要强加于别人。"我把这些话藏在心里，并不是不愿说，而是我觉得此时的嘉措已经完全沉醉于瞬时的得意当中，一个得意到极点的人，怎么能够听得进别人的好言相劝？

太阳还很高，那帮散客就要离开了。他们沿着四周的草原转了一圈，然后尝了尝奶茶，并没有吃藏餐，更不要说什么烤全羊之类的。理由只有一个，说这里过于偏僻，交通不便，住宿简陋，何况在塑料布围起来的一方黑土滩上解决大小便，更让人为难。他们在临走前，还建议嘉措说，一定要打通公路，预备几辆出出进进的车子。嘉措一言不发，目送那帮人一步步离开香巴拉，然后进入帐篷，垂头丧气倒在椅子上。

帐篷外面《香巴拉并不遥远》的歌曲依然悦耳动听。我看着斜靠在帐篷椅子上的嘉措，心想，哪里没有痛苦？哪里没有忧伤？

香巴拉，这个词流行了这么多年，也走红了祖国大江南北。但是，香巴拉到底在哪里？

藏族学者阿旺班智达是这样描绘香巴拉的：

> 香巴拉是人类持明的圣地……其形圆、状如八瓣莲花，中心的边缘及叶子两边环绕着雪山，叶子之间由流水或雪山

分开，雪山和秃山、石山和草山、林山和花果山、湖泊、树木及园林等都安排得令人陶醉倾心，中央的顶端有国都噶拉洼，中心有柔丹王宫，十分美妙……王宫透明发光，照射四周，使之分不清白天和黑夜，四周如明镜般清亮……从窗户能看清日月星辰及十二宫等……

藏传佛教的各派高僧大德们也都认为：

在冈底斯山主峰附近的某个地方，有个叫香巴拉的神秘所在地，那里的首领是金刚手恰那多吉化身——绕登·芒果巴，教主为无量光佛亦称阿弥陀佛。香巴拉共有七代法王……他们掌管着960万个城邦组成的幸福王国，这里没有贫穷困苦，没有疾病死亡，也没有人与人之间的尔虞我诈，更无嫉恨和仇杀……这里的人们用意念可以支配外界的一切，觉得冷，衣衫就会自动增厚，热了又会自然减少；想吃什么，美食就会飞到面前，饱了食品便会自动离去。香巴拉人的寿命以千年来计算，想活多久就可以活多久，只有活腻了，感到长寿之苦，想尝尝死的味道，才会快快活活地死去……

如果真有香巴拉，如果真有这一方净土，那么留下来的

嘉措不让车辆进入，能否坚持，这就要看他
对这个世界的善缘有多深了

该是如何抵达的问题，而不应该是想象的问题。童话世界往往会给予我们精神的宽慰，我就此想到千百年前生活在高原上的人群，他们面对严酷的大自然，最为要紧的大概就是面对现实的苦难，以及生老病死的折磨。如何脱离这一切，而建立一个超越苦难生活的精神高地？于是像香巴拉这样的童话世界就产生了。奇怪的是现代人硬是要将这个童话世界拉到现实生活中来，并且用它来赚取物质的富裕。

香巴拉并不遥远！这也许是像嘉措一样开办了旅游点的小生意人最喜欢的一句话，他们不知道，甚至根本想不到的是，他们所做的一切永远无法满足自私的消费自然主义者。对于自私的消费自然主义者来说，地图上所有的空白都会引起他们的兴趣。其实，他们最感兴趣的东西，正在加速着他们走向毁灭的速度。

我虽然不敢完全保证嘉措的这个香巴拉旅游点会不会夭折，或是风风火火，但那帮散客临走前的几句话绝对刻在嘉措的心灵深处了。至于如何实施，或者压根坚持不让车辆进入，这就要看嘉措对这个世界的善缘有多深了。

从嘉措的香巴拉返回到木西合乡政府的时候，我拒绝了摩托车。

提前约好的出租车在乡政府门口早早等着。天空很透亮，街道一尘不染。行人三三两两，或去牧场，或去县城，或去对面的青海久治。都是红尘里的众生，没有理由拒绝，更没有勇气做到彻底地背离生活。都带着某种愿望，那么就努力去实现吧。这个世界从来都不拒绝，或者根本无法拒绝大家的心愿。主宰这个世界的人们，将这个世界引领到怎样的高地或深谷，你能预料到?!

前几天接连下雪，路途泥泞。此时，那些泥泞变成了瓦砾状的土块，路，更加难走了。师傅在极为颠簸的路途中也似乎显得寂寞难耐。他打开车载音乐，却又是久违了的声音——

有一个美丽的地方，
人们都把它向往。
那里四季常青，
那里鸟语花香。
那里没有痛苦，
那里没有忧伤……

冰河封冻欧拉

1

"欧拉羊体格高健，成年公羊重70多公斤，母羊重60来公斤，远大于一般羊种，且肉脂性能好，对高寒草原的低气压、严寒、潮湿等自然条件和四季放牧、常年露营式放牧的适应性很强。但欧拉羊繁殖率不高，每年产羔一次，多数情况下每次产羔就一只。因而，培育藏羔羊，实现当年育肥出栏的生产方式必须推广。"

畜牧局老朋友扎东说起欧拉羊，整整一个下午根本停不下来。他描述得十分专业，我基本不懂。但从他语重心长的样子来看，所说大概已经迫在眉睫了。

扎东是20世纪50年代末甘肃农业大学畜牧专业的高才生，

到黄河首曲的玛曲草原工作已经有几十个年头了，他对畜牧业的研究可谓费尽心思。然而在具体的实践中，所学理论的说服力似乎显得极其微弱，因而凡事举步维艰。按照他的说法，就是学无所用。

扎东比我年长很多，从欧拉兽防站认识算起，也有十几年了。多年以后，当我因某种机遇而来到玛曲县中学支教时，他也调到了县畜牧局工作。那段时间他总是来找我聊天，谈论草原畜牧业的发展，甚至将发在相关期刊上的关于畜牧业的论文念给我听，还说他的某些观点得到许多专家的认可和赞许，等等。可在玛曲草原，扎东的想法与提法很难实现，因而使致力钻研畜牧业发展的他非常苦恼，真是英雄无用武之地呀。

我理解扎东，因为世间许多事情并不依我们的努力而显现成效。除大的环境之外，观念的转变尤为重要。扎东尽管不止一次提到转变观念的问题，但他似乎忽略了最重要的一点。在草原上生存了几千年的游牧民族，对于接受先进文化和转变观念则需要一定的时间。我不敢妄加猜测，何况这片草原上生存的人们，在祖先既定的这片土地上，坚强地走过无数春夏秋冬，定有他们的生存法则。

玛曲县地处偏远，加之近年来草场退化、沙化严重，过度放牧，导致资源匮乏等问题十分突出，牧民受传统思想的牵制，以为羊就是食草动物，唯一的食物来源也只有草，年复一年在草原上放牧，任其自然。这种情况下，扎东们培育的藏羔羊备受优待，它们起先被请进了暖棚。可让人无能为力的是，牧民将羔羊舍饲育肥当成是简单的圈养，不仅无法提供均衡、充足的营养，而且还限制了羔羊自由采食获取营养的机会，不但没有达到育肥的效果，反而造成羔羊的生活能力下降，生长和发育滞后等，一系列的问题根本就不是理论能解决的。

扎东在欧拉兽防站工作的那段岁月，草场沙化相比现在好多了。他想到的估计都是理论上的可能性，而对现实中实际的情况并没有深入调查，预测的结果带给他无尽的苦恼，不住埋怨学无所用，这大概也是对他苦苦钻研理论而脱离现实的一种惩罚。

2

农历四九第五天，万万没有想到青藏高原最东端的玛曲县竟然有如此温暖的天气。那天我一直在一间向阳的房子里听扎东说话，没有出去。打开窗户，远处的天一片湛蓝，没有一丝云，也没有一缕风。扎东从欧拉羊说到草原，说到黄河源头的环境恶化，也说到了观念的转变和知识的匮乏，而时间的指针却没有停留，它从公元2016年1月19日15点一直伸向遥远的未来。

天一亮就是大寒。我一直想着，黄河穿过这片草原，穿过一片又一片的牧场，冰雪封冻之时，那片草原上的生灵面对封冻的冰河，它们都在想些什么？

大寒是二十四节气的最后一个节气，过了大寒，就是小年，这意味着我们又将苍老一圈。没有和家人一起聚于炕头话旧迎新，大寒这天，我沿黄河西行，只身去了遥远的欧拉草原，在草原深处的欧拉寻找曾经听闻而未相见的那片美丽的草原。

欧拉乡位于甘肃省甘南州玛曲县境内中西部，距县城50多公里，海拔近4000米。欧拉为藏语音译，意为银角。相传很早以前有几户人家居住于阿尼欧拉神山下，他们长期从事牧业生活，将山名取为地名。还有另一说法是，第二世嘉木样活佛在祭祀神山欧拉时，将一只羊角埋藏于地下，从此其部落名称便为欧拉。

我不是第一次来欧拉。一直以来，心底有一个愿望，就是想去欧拉看看欧拉羊。因为河曲马和欧拉羊闻名全国，也因为在这片草原上，我有过一段难忘的经历。

也许是想象中草原的美丽和朋友们在文字里的描述具有诱惑性，我义无反顾去那里教书，我记得，那是公元2004年

茫茫大雪中的草原

的秋天。

　　玛曲县中学在九曲黄河第一弯的卓格尼玛滩上，校园四周不见高山，也没有小溪，视野里全是广袤无垠的草原。深秋时分，草色花白，四处空荡，荒凉。我当时住在学校门口的一个几乎是废弃的小院子里（据说那是以前学校放牛粪的小房子），那个小院子里同时还住了几个给学校搞基建工程的农民工，他们养了几只藏獒，凶猛得很。小院子里平常很少有人进来，农民工们三天两头来一回，我和藏獒就成了小院子的主人，时日一久，关系也混熟了，它们不再那么凶，反而很可爱，见我进来，就扑到我身上，总要亲昵一阵。后来，小院子里又添了一位新主人，他姓季，也是来这里支教的。我们住在一起，一个专门用牛粪取暖的火炉，两张用低矮的课桌搭成的小床，就构成了我们简单的家。

学校里年轻教师居多，有时候我们也打打牌，喝点小酒，但从未耽误过工作，也没有过丝毫马虎。有一次，我们打牌赢饭钱，校长进来了，他看了我们一眼转身就走了。第二学期开学不久，其中几个老师却被调到很偏远的乡下去了。

玛曲县城乡之间很遥远，几百公里算是较近的了。一年之后的某个冬天，因某种原因，我也被责令提前遣送返回本地。起初到玛曲教书，我是抱有愿望的，总想着漫游草原，到草原深处的牧场上寻找心灵的自由和欢快，然而这一切在没有实现之前却已夭折。后来，我听说被调到偏远乡下的几位老师到乡下之后，饮食起居上都不习惯，而且语言的障碍也很大，生活极为困难。学校里大都是牧民的孩子，汉语水平差，工作上也是进退维谷。每天盼望着从县城来的客车能为他们带来好消息，这似乎成了他们唯一的心愿。可是日子一天天过去了，除了草原深处肆虐而来的狂风，似乎再没有其他。时隔多年，我心里一直很内疚，总觉得他们的事情与我有关，与那个小院子有关。这个时候，小院子带给我的似乎唯有无法说清的自责和悔过了。

从草原回来，我在一个安静的小镇上继续教书。我常常想起玛曲，想起那个衰草连天的小院子，内心总是装满了清纯和幻想，也装满了无法成熟的忧郁和反叛。我的记忆中，小院子终究不能忘怀。因为我觉得，那里留有我青春的足迹，也留有成长路上的辛酸和感激。同时，也有对未曾到达过的那片草原的遗憾。

念念不忘的不仅仅是那段岁月，其实在玛曲教书的日子里，我并没有安稳下来，心里总是想着遥远的草原。然而当我再次来到这片草原时，内心翻涌而起的却不再是当年的幻想，也不再是单纯的自责和悔过。

3

从一个地方到另一个地方，从一片草原到另一片草原，我要完成当年的愿望。动身前我就这么想，同时也翻阅过很多与之相关的资料。然而所有资料说法不尽相同，但它们带给我的失望是相同的——在玛曲草原上欧拉羊的数量实在少得可怜。

欧拉羊属于藏系绵羊的一个地方类群。据说欧拉羊是13世纪后期到14世纪中期野生盘羊与本地藏羊在欧拉地区交配所生的后代，后来人们以"欧拉山"命名为欧拉羊。欧拉羊产

西去的黄河，一面是冰凌，一面是激流

区位于青藏高原东部边缘的黄河第一弯处，主要分布于甘肃玛曲县、青海河南县和久治县，以及四川若尔盖县，总数约有70多万只，玛曲县约18万只，其中欧拉乡和欧拉秀玛乡是欧拉羊的中心产区，饲养量还不到8万只……

沿黄河西行，只有我一个人。年底事儿多，不好意思强拉朋友随同前去欧拉。出租车司机是本地人，他不大说话，问一声应一声，而且我们之间在语言表达上有障碍，所以说不了太多。一路颠簸，一直到中午，我们才到欧拉草原。

草原的正午有点闷热，这让人根本无法和大寒这个节气联系起来。太阳不刺眼，也不热烈。从车上下来，我不敢张大嘴巴呼吸。寒冬时分草原上的气流十分呛人，一张口，就忍不住要咳嗽，而且胸腔分外憋闷。经验告诉我，这不是高原反应，应该是气流干燥所致。

司机停好车，对着路边丛生的灌木撒了一泡尿，灌木四周立刻泛起一片灰尘。他骂了几句脏话，然后慢条斯理地一边提裤子，一边朝我这边望。

遥远处的草原朦胧一片，眼前更是一团迷雾。黄河收敛了往日的狂放，此时变得格外拘谨，河岸也比夏日高出许多。沿欧拉草原一路西去的黄河，一面是亮晶晶的冰凌，另一面却是蓝汪汪的涌动着浮冰奔流而下的浪涛。因为这样的现象我之前未曾见过，就问司机，一条河为什么会出现这样的现象？司机撒完尿之后，早就钻进车里去了。他大概是司空见惯，再也无心陪着客人唠唠叨叨。

　　草地上的水湖潭早已干涸，远远看去，全是一摊一摊发白的盐碱地，建在草原之上的牲畜饮水井怕是再也难以打出水来了。地下水的水位不断下降，无形中给草原牧民带来了极大的麻烦。我在沿黄河西行的途中，遇到许多事前未曾想到过的情形。他们成群结伴，骑着摩托车，在河岸较低的地方停下来，然后用巨大的斧子将封冻的河面一层一层劈开，直到冰凉渗骨的河水冒出来。或是用水桶，或是直接将牛羊赶到岸边，使它们干渴了多日的唇舌得以滋润。不断西行途中，更为惊险的是一群从草原深处奔涌而来的牦牛，它们沿着高高的河岸飞驰，有的甚至不顾一切，从堤岸上一跃而下，然后跪在宽阔的河面上，伸出舌头舔舐浮水。或用尖利的犄角，将发亮的冻得结实的冰凌扎得嘎嘎直响。这么庞大的群体，为了寻找水源，不惜一切代价，也不顾任何危险，生命在这一刻显得弥足珍贵。

　　听人说，这一带草原的气候并不随天气的冷暖而变化。当然，河面的冰冻程度也应该是没有规律的。我所担心的是，当它们共同站在某一处，干渴得到短暂缓解的瞬间，谁能知道那一处会不会塌陷？牲畜在水流里是不会轻易丧生的。我见过牧民在暴涨的黄河里用牲畜搬运物资，它们将头扎进水

黄河此时变得格外拘谨

里，很长一阵又露出头来，深吸一口气，然后又扎进去，周而复始，一直将物资运到目的地。可这是数九寒天，黄河封冻几千里，而下面的水流更是如浪翻涌，这种情形下，谁能保证生命具有绝对的韧性和惊人的奇迹？

——如履薄冰。

我想，除了存有戒心，更多的应该是对性命的担忧和后怕。实际上，当生命受到生存或其他某种外在因素威胁的时候，存活为第一条件下，何戒之有！那群寻找水源的牦牛，让我对生命从此抱有书本之外与现实之中的另一种看法。所谓高贵、伟大、坚韧等，大概只是在某种特定的环境里臆想的说辞而已。更多的情况是，当我们真正面对人世间漫长的恩怨和早就注定的一切，我们的生命除了承受，剩下的只有认真去接受了。

<h1 style="text-align:center">4</h1>

出租车司机将我带到距离欧拉乡不远的另一片牧场上之后，他返身回县城去了。黄河就在眼前，前不见头，后不见尾，浩浩荡荡像一条银色的飘带。我从很高的河床上远眺着，这条被誉为伟大母亲的河流，贯穿着玛曲这座高原上的小小县城，千百年来，从未停歇，它馈赠于这片土地肥沃的资源，也养育着这方热土上成千上万的民众。它从源头出发，一路跌宕起伏，从不因为贫瘠而拐弯。这样的奉献，除了母亲，还有谁能做到呢！那么，生活在这片土地上的人们回馈于她的又将是什么？

河床四周是杂生的小灌木，隆冬时分，这些灌木早已失去了它的柔韧，轻轻一碰，便发出沙沙的声响。离开河床，走出灌木丛，我的衣服已经被灰尘染得看不出颜色了。这一带全是沙路，何况灌木丛距离路面还很远，何来那么多灰尘？轻轻抖落满身灰尘，我又禁不住想起草原的沙化问题。

河床四周是杂生的小灌木，河岸也比夏日高出了许多

地方老人们都说，相比而言，这几年玛曲的沙尘暴越来越频繁了，而且延续的周期也比较长。黄河边几十公里的沙化带一年比一年严重。我也看到了，那情景的确让人担忧。朔风一起，黄沙漫天。整个玛曲县很难见到树林，特别的地域环境给予我们改变自然的决心，于是每年植树育林，可成效在哪儿呢？

草原沙化问题有待解决，这是一场攻坚战。治理沙化，唯一的办法就是禁止放牧，退牧还草。许多搞基层工作的乡镇干部也为此而苦闷不已。牧区的主要经济来源就是牧业，如果禁止放牧，仅凭政府帮扶，远远不够。那出路又在何方？

采日玛乡的一位老人给我说过一个真实的故事，他说有一家六口人，牛羊300多，起初的日子非常红火。几年之后，他们的草场渐渐出现了沙化，而且一年比一年严重，他们不得不卖掉部分牛羊，退牧还草。但沙化地带退牧还草的过程非常缓慢，几年时间根本无法再次放牧。后来，他们又卖掉了部分牛羊，当然政府是给了许多补贴的。可在短暂的时间内，他们的确变成了穷人。就此不能坐以待毙，于是男的就出去做生意，一来二去，生意失败了，牧场也没有守住……

我当时听着，也是唏嘘不已。而这样的境况我想不仅仅是首曲草原，中国几百万平方公里的土地上，但凡靠草原畜牧业生存的民众何尝不面临这样的困境？减少草原畜载量，禁止放牧，退牧还草，保护草原，国家扶贫，似乎是万全之策，然而具体到每个牧户的时候，带来的却是十分复杂而尖锐的矛盾。

观念必须转变，可怎么转？转向何处？加大牲畜育种，提高出栏倍率。按照扎东的观念，这是刻不容缓的。而这一切则需要由科学的知识来支撑，然而牧区的实际情况远远不是学点知识就能走出困境的问题。

5

从一座牧场里出来，又钻进另一座牧场里，顾不上擦汗，也没有担心成群结伙的藏獒来追赶。冬牧场十分清静，茫茫草原上，似乎只有我的影子。路边苏鲁梅朵的枝条上同样挂满了灰尘。没有见到一只欧拉羊，我的心里沮丧极了。

天气的变化十分迅疾，瞬间寒风就扑面而来。四面受敌的同时，空旷的草原又将我置于无力返回的窘迫境地。我知道，这时候必须返回，哪怕狂风暴雨。

欧拉乡政府所在地只占了很小的一块儿草地。没有繁华的街道，更不具备城市的灯红酒绿。大多房屋闲置，门窗上的玻璃几乎没有一块是完整的。电线发出呜呜的尖叫，一家摩托车修理铺的门开着，门前竖立的一块很大的写有各种修理业务的招牌被刮倒，发出巨大的声响，却没有人从屋里走出来。

我的一个小老乡就在这里开饭馆，我早就打听好了。据说前几年生意特好，还在县城买了楼房。在不大的街道上，来回转了好几圈，我没有找到他们。打问了几个人，大家都摇头。街道上的店铺几乎都是关着的，整条街道没有一丝活气。乡政府对面不远的一处草原上是一家旅游点，帐篷撤掉了，只留钢架屹立在寒风中。从钢架顶端拉到地面上的经幡在寒风的撕扯下，发出啪啦啪啦的巨响。

欧拉在我的心目中绝不是这样的。临行前朋友还说，欧拉就是甘南的上海滩。我找不到他言语里的那种繁华和热闹，也找不到我的那个小老乡。他们所言，大概是十几年前的欧拉。也或许是因为我错过了时节，看来繁华热闹的欧拉只能留在想象中了。看着眼前的荒凉和萧索，加之暮色将至，我的心里禁不住害怕起来。

灯光十分微弱，里面挤满了人。那对夫妇（可能是，也可能不是）在门口忙碌着，他们对进进出出来这里能吃一口热饭的人视而不见。

羊肚。羊心。羊肝。羊肺……羊杂碎堆在一张黑得看不见木质且沾满油腻的桌面上。门口是一个改装的铁皮炉子，一个大铁勺，一勺油，嗞啦一声，羊肝羊心羊肺由冰冻逐渐溶化，渐而显现深红色，然后变黑，最后倒在盘子里，由排队等候者接过去，端到里面，蹾在摆得横七竖八的小方桌旁吃得精光。

来这里的大多都是从冬牧场匆匆赶回家，或是从家匆匆赶往牧场的人。大家的脸都被寒风吹得绯红，都咬着牙，说不出一句流利的话，都顾不上揩拭不断下跌的鼻涕。没有其他选择，有一口吃的就已经不错了。

那对夫妇穿着皮裤，双手紫红，手指间被冻出来的裂缝像口一样张着。那女的不住从一个大桶子里取杂碎，表情木讷。那男的掌勺，在炉火忽明忽灭的映照下，表情更是满带厌恶。他们没有一丝笑容，哪怕是习惯性的职业性的笑容。

排队吃尽一盘羊杂碎时，我再次感受到我们的生命除了承受，剩下的只有认真去接受了。是的，没有一个生命不经历凶险。然而，每个生命在经历不同的过程时，作为主宰生命的个体而言，却又是那么不尽相同。感悟从来就属于自己，或者说，把自己的感悟强力推介于大众的生命体验之中，那将是多么愚笨的一件事。

第二天，我搭乡政府的车原路返回。那夜我给县城的朋友打了电话，他让我去乡政府找他的另一个朋友。在一间很小的闲置的房间里，我度过了极其寒冷的一夜。能枕着黄河入睡，应该是多么幸福的。但是我没有睡着，我想了一整夜，直到天快亮的时候才迷糊了一阵。迷糊中，我似乎看见了沿欧拉西去的黄河岸边站立的牧人，他们面对冰雪封冻的河面，不说一句话。我也似乎看见了不断寻找水源的那些牲畜，它们从远处飞奔而来，一个个扎进滚滚浪涛中，再也没有出来。唯独欧拉羊未曾看见，更未曾入梦。

欧拉秀玛纪行

1

动身已经是下午，路过尕海湖天就黑了。从合作市到玛曲县，尕海湖是必须经过的。地方政府为了更好地保护尕海湖的生态环境，遏制人为破坏，于是就重新修了一条路。新修的那条路绕过了尕海湖，也绕过了尕玛梁。我明明知道，但还是执意让师傅走那条旧路。四周黑乎乎的，草原的夜色悠长而寂静，碎石和沙砾在车轮的压碾下飞溅而起，从空中落入草地，不见了影子。道路两旁是一片片秀长的青草，车灯掠过它们的头顶，看不清它们是否带有惊慌的表情，也看不见下面隐藏着的秘密。

很多年以前，我的亲人和朋友们都在这里，他们风餐露

夜幕降临时的尕海湖

宿，逐草而居；他们躲避狼群，小心翼翼。也记不清哪年哪月，这片草原上的狼群不见了，石头渐呈暗红，青草开始衰败，冰雪覆盖下的大片牧草也失去了昔日的葳蕤。后来，我就失去了他们的消息。此时当我路过这片草原时，禁不住这样想着——当穿过这片草原，抵达另一片草原时，会不会找到陌生而熟悉的那种感觉？它是否带给我当年的那种惊喜和激动？

车子渐渐驶出了草原，开始向高山爬行。天幕中的星星宛若在眼底，看不见遥远的黄河，也看不见草原上奔跑的羊群和看守牧场的牧民，他们大概已进入梦乡。我知道，我一直在路上，我终究不会长久停留在牧场上，但总会有那么一天，我的灵魂肯定会落地生根，而成为另一个牧人，在草原上衍生着生命意义。

2

我要去海拔4000多米的欧拉秀玛乡，所以不能将全部想象留在这片草原上。

欧拉秀玛乡在玛曲县西部，地处黄河南岸，阿尼玛卿山北麓。朋友在欧拉秀玛学校当老师，已经好多年了。当年他和我一样，都是去支教的。支教期未满，由于其他原因，我被提前遣送返回，而他却留了下来。听说他本人向当地教育局提出申请，执意留在欧拉秀玛学校继续教书。欧拉秀玛完全寄宿制学校是1984年在原西科河羊场小学的基础上建立的，据说刚建立的时候只有两三个学生。起初，谁都不愿意去那儿教书，因为地广人稀，因为气候和环境的恶劣。当然我们支教的那时候已经好了许多，在就业压力下，学校里也有了好几个外地教师。尽管如此，那个时候整个学校里他仍然是唯一一个师范院校毕业的大学生，何况还多少懂点藏语，会操作计算机，因而他的重要性一下就体现了出来。或许是特殊的环境诱发了他潜藏着的另一颗雄心，也或许是在那种特殊的环境里，他找到了某种优越感和成就感，所以放弃按期返回。当然这是猜想，实际上，我并不知道他内心真实的想法，至今也没有探问过。总之，他一去欧拉秀玛就是十多年，一直没有回来。

刚去草原支教的那段日子，我们经常在黄河岸边聚会，有时候也面对黄河大声歌唱，狂欢不已，然而这一切却在不断流逝的岁月中一去不回。这么多年来，你在那里好不好？看着一片一片草地枯黄的时候，满怀空落的我也会情不自禁地喃喃自语。其实这些年我们都一样，在阳光下能感受到生活给予的光明和温暖，已经很幸福了。然而幸福从来就不是挂在口头的说辞，或是某种得到后的炫耀。幸福只是一种念想，可我不知道，他在那片草原上守护着的又将是怎样的一种幸福！

说好就在这个月初去那片吉祥花滩——西麦朵合塘，去看美丽的龙胆草和独一味，去看另一片草原的辽阔和寂寞。我们在电话里约定，他在那边等我，电话里他的声音竟有点颤抖。

我陪同师傅，一路睁大眼睛，不敢打盹。赶到玛曲县城已经是半夜了。原本第二天早早乘坐去欧拉秀玛的班车，偏偏不巧，那夜下起了大雨，去欧拉秀玛的计划只能暂时取消。因为我知道，玛曲县至欧拉秀玛的公路建设正在进行中，遇到大雨，就不能继续前行了。

3

绵绵阴雨一下就是好几日。每天起来，第一件事情就是爬到窗台上看外面的天空。天依然没有放晴的迹象，我心里也似乎蒙了一层薄雾。一直想找一处安静之地，静心休养几日，于是孑然一身，山一程水一程到处寻觅，想不到这连日阴雨倒是满足了我瞬时的心愿。然而当我独居玛曲，阴雨开始让我倍感烦恼，顿觉了然无趣，甚至对整个尘世都产生了一种厌倦。

第五天早上，我从被窝里探出头一看，天气依旧没有给人带来惊喜。透过沾满雨珠的玻璃，遥远的草原依旧呈现出一片迷茫，闪动如彩带的黄河也似乎失去了往昔的神采，黯然而不动声色。玛曲的7月就这样，它不会因为一个远道而来的俗客就此改变个性。

黄河路最近又修补了。踏上平整、光洁的黄河路是住在玛曲第八天的一个午后。雨总算停了。雨一停，玛曲立刻变得新奇起来，但它绝不容你用广阔或空寂的陈词来形容。一条笔直的路平铺在眼前，我突然感到离目的地越来越远了。路两边是无垠的草原，阵阵花香时时飘来。我一边走，一边告诫自己，不能因为花香而放弃赶行，更不能因为想象和随性而忘记远在欧拉秀玛的朋友。

终于走到黄河岸边，而眼前的黄河与我的想象大相径庭——它平静、安稳，我意识中的波涛起伏瞬时化为一种淡定。此刻的黄河之水并没有卷起千堆雪的那种气势，它实在太平稳了，站在岸边，也丝毫感觉不到它的流动。河面的那种平静使我在很短的时间内产生了莫名的恐惧。当我把手伸进水中时，才发觉有一种巨大的力量，这种力量恰似心脏的跳动，平稳中蕴藏无限的暴力和狂热。面对这种表面的平稳与深层的激荡，我突然明白了思索多日的一个问题——当生命的末日来临，或死亡的丧钟将我们的荣辱定谳的那一刻，谁敢在复杂多变的生活面前称自己是幸运或伟大的呢？每天都想象着在平稳中度过，可又有谁洞察到潜藏在平稳之中的那种凶险？我不否认，心灵之中的确多出了莫名的激动，甚至想面对宽广的河面大声吟诵它的雄伟。但是我想，那肯定是虚伪的心灵在作怪。虚伪是否是一个人灵魂空洞的表现？我在不住向自己发问的同时，又想起另一个朋友说过的话。

2012年7月，我陪朋友去过一回玛曲的卓格尼玛外香寺。走到外香草原的时候已近黄昏，天边是一团一团金色的云朵，草原和黄河于遥远的地方闪动着炫目的光彩，似乎近在咫尺而又遥不可及。我们沿寺院转了一圈，天色就彻底暗了下来。寺院僧人做晚课，法器之声迂回于耳。这时候朋友突然对我说："一个人心灵如果真要强大，其实不需要分场景的。"

他漫不经心的话让我想到黄河。

第一次见到首曲黄河的时候，河流平缓，河面如镜，一反从前奔腾咆哮的印象。同样是黄河，可我听到的并非这样。河水暴涨之时，驮着皮袋的牦牛和马匹在激流中往往会失去踪影，在黄河里洇渡的牧人，也会因一个巨浪而不见踪影……

平静与奔腾均是它的性格。别以为平静中无起伏，实际上它在积蓄力量。生活在大地上的人们总是要彰显其个性，不合时宜的卓尔不群，恰好暴露了心灵的卑微。可惜，这样的道理却不为世人所称道。

继续前行，在黄河南岸我看见停泊着两艘年久失修的船，它们周身油漆斑驳，曾经辉煌的岁月已被时间的风尘所淹没。看不到一苇杭之的壮举，也听不见轰鸣四起的马达声。再将想象退置到多年以前，我想，我定会看见有人手扶皮袋，牵着马尾于激流中洇渡。有人手持长篙，撑竹筏于平缓中高歌天下黄河几道弯。可惜，在今天的黄河岸边你再也看不到那样的景象了。

　　小心翼翼登上船，双手扶住晃动的船舷，看着广阔而闪动着鳞光的河面，心里害怕起来。远看这船华丽豪奢，实际上它已破败不堪，船舱内堆积着厚厚的淤泥、衰草和鸟粪，柴油机大半浸在河水中，看不见它当初的嚣张姿态。望着舱底污浊的河水和漂浮在水面之上且闪动着七彩光斑的油花，我的心里像是被一条无形的长鞭抽了一下。人类在文明的进程中不断创造文明的同时，又不断地遗弃着文明。显然，前者是本能的开发，后者则是理性的破坏。我无法追溯这只船的过去，估计停在这儿受风雨侵蚀的日子大概有十多年了吧！然而，知道它的前生今世又能怎么样？有谁能阻挡住时代前进的巨轮？又有谁能做到与自然彻底地和谐？我的身后是苍茫无比的草原，我的身前是一览无余的黄河。水的漫漶使河岸五米之外的草地上积满了酥软的泥沙。可水的浸润并没有使这片草原受到得天独厚的待遇。

从船上下来，上了堤岸，当我回望停泊在岸边的弃船时，怅然若思：黄河缓缓而去，缓缓而去的河面之上漂动着的仅仅是岁月的碎屑？那些载歌载酒，曾经泗渡的艰难日子越来越苍茫，生命的坚韧和张扬也似乎在不断地萎缩，只剩下一些无关紧要的记忆。

离开黄河，我在南边的草原上随意而行，平展的草原和远处起伏的山峦遥不可及，阿尼玛卿雪山在眼底全然如一条沉睡的苍龙。路很长，风太大，看天气，欧拉秀玛似乎越来越远。我又想起朋友生活的地方——欧拉秀玛学校。寒风吹拂的红旗下，他带着一群孩子认真履行自己的职责。学校头顶就是祭坛，是堆积而起的玛尼石。他在徒步百里不见人烟的草原上用心记录着生活，小心做人，认真教书。牧区生活的流动性和高原寒风的侵蚀里，他的人生是否布满了坚强和悲怆？放学之后，他一个人来到山顶，大声呼喊。他在玛尼石上敬献一条条洁白的哈达，在点燃的桑烟中，双手合十许下心愿。我在他乡的梦中，经常看到这样的情景已经有好多年了。记不清数不完的日子里，他每天放飞的哈达已腐为泥土，化为青青牧草。从雪山融化而来的溪流胖瘦变化，孩子们走了又来，来了又走，他依然坐在那个小院子里，等待岁月将他黝黑的面孔染成金子的颜色。

返回县城时，黄昏已抵达。天边铅灰色的云团张开可怕

凌驾于草原之上的玛曲县城，在黄昏时显得分外恬静而沉稳

的爪子，慢慢朝我头顶压来，凌驾于草原之上的小城却显得分外恬静而沉稳。

雨又要下来了。我想，当这场雨过后，太阳再次悬挂在草原之上的蔚蓝天空，这儿定会弥漫起浓烈的羊膻味和青草味，很多人定会赶着马匹，驮着褡裢，向另一个腹地进军了。

是的，当把生活的全部囊括到长年累月企盼明媚的阳光中时，你就不得不思考"阳光"带给精神与现实的意义了。

4

天终于晴了，我再次踏上黄河大桥，已经是到玛曲的第十天。

　　玛曲黄河大桥建于1978年8月，至今已历经40多个春秋。40多年前，生活在这里的牧民们就已经告别了皮袋马尾泅渡的岁月。可现在黄河大桥被封闭，牧民们在陡峭的桥墩侧边的斜坡上来回运送物资。桥墩侧边的坡度绝不低于四十度，盐巴、蔬菜、油桶、帐篷杆，还有替代了马匹的交通工具——摩托车，这些东西的来回运送只能靠绳索。我没有看到因黄河大桥的加固修建而使他们在拥挤中大吵大闹，更没有听到由于桥面的阻塞而怨声载道。在艳阳高照的中午，我看到的唯有轰轰烈烈的劳动场面，唯有万众一心团结协作的集体精神。

牧民们在陡峭的桥墩侧边的斜坡上来回运送物资

一个民族的强大，源自这个民族个体内心的强大。任何艰难困苦都无法阻挡人在实际生活面前所激发出的那种坚韧性。此时，我也对朋友的种种做法有了新的想法。曾经有好多次机会他完全可以调到县城中学，但他拒绝了，他依然坚守在欧拉秀玛学校，乐此不疲地教书育人。假若拥有一颗坚定的信心，且能坚守住的话，还有什么可怕可言？

　　于是我又想起好多年前的一件事。

　　第一次来玛曲，索南昂杰带我去虹鳟鱼场。离开虹鳟鱼场时，我对索南昂杰说："我有点眩晕。"他说他也有同感。我一直在想，面对静水，为什么总觉得有点儿眩晕？那天晚上，索南昂杰的朋友拉毛扎西从牧场回来。他说："有了猎枪后，草原开始变得寂静起来了。在一种害怕与担忧中过惯了，心里不太自在，过于安逸和平静的草原总觉得缺点什么。这样的日子久了，再去翻越一座山梁时，总觉得有点儿眩晕。"

　　拉毛扎西的话让我感到万分吃惊。拉毛扎西是玛曲草原上地道的牧民，没有读过书，但他一语道破了我们活着的意义。

　　第二天我们去了玛曲大水金矿，并认识了一个叫龙江的诗人。返回的路上，他用肥厚的大手拍了拍我的肩膀，说："能挺住海拔3700米以上的寒冷，面不改色，你行。"

　　我笑了笑，没说什么。

大水金矿距离县城有20多公里，路很崎岖，我被颠簸得东倒西歪，而龙江却四平八稳，我本想对他说，在如此颠簸下，能稳住身形，你也行。但我没有说。

下午赶到县城后，我们又去了欧拉草原。天气很闷，大家席地而坐，捡拾的一堆雪白的蘑菇被我搁在草地上，一动不动。草原很静，我没有看见任何异样的变动，可那些搁在草地上的蘑菇却一一翻转过身子，把长长的带有泥土的根朝向我，我有种莫名的好奇与惊讶。龙江微微笑了笑，没有开口。

离开欧拉草原后，又去了黄河岸边。我们面朝黄河，都不曾说话。

看了一阵，龙江问我："你看见了什么？"

我说："看见了河水。"

又看了一阵，我问他："你看见了什么？"

他说："看见了荒凉。"这时我发现他脸上突然充满了无穷的迷茫。我当时想，在阴暗潮湿的矿洞里，当他卸下一身疲惫，迎面扑来一股寒流时，他的内心又在想些什么呢？

后来，龙江出版了一本诗集——《走出荒凉》。

龙江终究没有坚持到最后，几年之后他离开了玛曲。没有打问过他到底去了哪里，更不知道他离开的缘由。但我想，《走出荒凉》有可能是他离开玛曲的理由，而更多的可能是他无法守住那份荒凉和寂寞。身居首曲黄河，面对茫茫草原，听草原深处的风呼啸而来，看高原硕大的月亮在四季的更替中阴晴圆缺，加之大雪飞扬，道路封锁，这样的境况对一个外地人而言，他的心思怎么可能安稳下来呢？

"荒凉"是令人内心感到不安的一个词。这个世上真有荒凉吗？实际上，荒凉源自一个人对身处环境的感叹。倘若拥有一颗不随波逐流的心，对来自生活中的一切得失宠辱不惊，安稳住起伏不定的心灵变化，看到的或许就不仅仅是荒凉了。可是在实际生活中，要想守住那颗坚定的心，又是多么艰难的一件事呀。

5

去欧拉秀玛必须过黄河大桥。我在牧民群众的帮助下过了桥，并乘坐一辆货车，沿欧拉秀玛的方向前行。

距离欧拉秀玛越来越近了。欧拉秀玛占地辽广，一路上几乎不见人迹，方圆几公里的草场都被铁丝网围着。夏日的风依然蓄满寒意，和我一起坐在货车车厢里的是一位阿克（藏语：对长者的尊称，这里专指和尚），寂寞的路途之中，我和他渐渐熟识起来。他跟我说："这里草原退化严重，春天风很大，沙尘暴来了，10米之内根本看不见牛羊。"他还说起春夏之交草原上的漫天黄沙，此时我也注意到了，他的眼神里充满了忧虑。七八月的玛曲草原，本应是最美的时节，而在沿途，我看到了片片草地像长了癞头疮一般，植被稀疏得可怜。衰败的狼毒花和不知名的蓝色、白色小花点缀着草原的边界，稀稀拉拉的垂穗披肩草耷拉着脑袋，旱獭们制造着数不清的洞穴，袒露而出的沙丘带像一座座坟堆。美丽似乎不存在了，多出的却是令人不安的担忧。

我问他："是因为过度放牧、人为破坏，还是自然本身的原因？"他摇了摇头，没有给我确切的答案，只是说："这里需要很多有知识的外来人，更需要许多有知识的本地人。美丽的草原难以留住外来人，来一个走一个，说不上啥原因。"

阿克始终满面忧虑，他一边说，一边叹气，"这一带草原以前很美丽，不像现在，到处是黑土滩。每年寺院里都要念经，祈求天道平安，可作用好像不大"。

那辆大货车在草原上颠簸了三个多小时，终于到了欧拉秀玛。路上我和阿克还说了很多，大抵都是和草原有关的事儿。"有些事情是你我都不能解决的，但人性的邪恶和有意的破坏就不得不提防了。因为长此以往，我们就会打开地狱的大门。那么，就请多诵经礼佛，行善积德，为你，为我，为我们共同的家园。"阿克的话充满了理性的思考，也充满了对未来的预见。

到欧拉秀玛乡后，我们下了车，货车没有停下来，说是去更远的牧场装牛羊。原本我想请他们吃个便饭，但他们执意不去，说时间很紧张，也只能作罢。阿克是到乡上办事的，他让我返回的时候到欧拉的年图寺来找他。我答应了他，然后就去了学校。

学校周围是牧民遗留下来的许多小房子。牧民们随季节搬迁，只有那一排排低矮的房子孤零零站在风中，等待主人的再次到来。房子四周杂草丛生，紫色草穗弯下腰身，似乎向大地倾诉着什么。我又想起在玛曲中学，同样是一个衰草连天的小院子，我在那里生活了整整一年，在那里教书，在那里，处处为早春而绿的小草鞠躬。我的记忆里，那应该是生命当中最灿烂的一段时日。可我终究还是离开了。此情此景下，我再次为朋友的决意坚持而感动不已。

欧拉秀玛学校是寄宿制学校，实行月假制。朋友不在，学校里其他老师说，他去了很远的牧场看望几个没有按时返校的学生。临走前留下了房门钥匙，让我等他回来。我知道，几天大雨，我被阻隔在县城。而当我自以为修身养性的时候，他却走向另一片遥远的草原。责任，坚守，做人，生活，等等，多种复杂的情感纠结里，抱怨和怒气早化为乌有，只是觉得内心空落无比，寂寥难耐。我真的不敢妄加猜测，这些年他的坚守给他带来了怎样的幸福，或是无从说起的悲痛！

学校周围的小房子孤零零地站在风中

我在欧拉秀玛住了几天，他还没有回来。我知道，茫茫草原上的行程是没有准数的，然而人生的必修课就是接受无常。他在这片草原这么多年来，必然是经历了生命的低谷和高峰。一心想做自己喜欢的事情，这种坦然面对里，他的生活与生命必将染满了与众不同的色彩。而我小住的这几日，的确感到了荒凉，乃至孤独。每天面对天地的辽阔和茫然，若非内心的强大，根本无法从孤独中逃离出来。这或许也是年图寺里的那个阿克所说留不住人的原因吧。

　　有天半夜，月光明亮，我走出房间一个人来到草地上，广袤天宇之下，四周的小房子更加显得孤独而矮小。星星在辽远的天幕里闪动着调皮的眼睛，我想它肯定看不见我们，看不见我们在草原上流浪的样子，也看不见我们的艰难和幸福。我是风中长大的孩子，第一声牛哞声传来，我知道我已经有了生命寂寞的体验。第一滴晨露落在头顶，我知道我已在冰凉中对生活有了新的理解。第一缕阳光照在身上，我知道我已拥有了幸福。这样复杂多变的情绪，往往无法诉说。

　　几日之后，他还没有来，也打听不到关于他的任何消息。就在那夜，我心里翻来覆去念叨原本想留给他的话：

　　　　当你回到学校的时候，我大概已经回到家了。过段时日家乡就要收割了，当我听到大片大片金黄的麦穗发出灿烂的欢笑时，定然会看见你穿梭在草原深处的身影。你的生命不会寂寞，是因为你的生命已经不属于你自己。你不会在生活中感到有丝毫悲伤，不是看不到过多的起伏，而是你的心灵早已无所欲求。在黄河南岸，在大片大片辽阔的草原里，你已经和青草融为一体。

我知道你也念着我，那些年一同在黄河岸边嬉闹的时光已经成为过去。生活给予我们的不仅仅是艰难，还有感怀和幸福。深知幸福的人才是真正幸福的人。我想，你对自己的选择始终无悔，大概是因为体味到了别人感受不到的幸福吧！

第二天清早我把房门的钥匙交给了另外一位老师，离开了欧拉秀玛。

6

蓝天，白云，红墙，金瓦，花朵，流水，一切自然而平静。我在返回的半途，只身去了欧拉年图寺。

眼前是一条小溪，水很清澈，也很冰凉。而更远处是茫茫草原，是谁也不能预料的明天。一个人活着，需要做的事情太多，尽管我知道思想的清洁很重要，可处于生活深处，

在这里你有可能会碰到另一个自己

却很难做到洁身自好。所以，一些烦恼会乘虚而入，它进入我们体内，进入灵魂深处，致使更多的烦恼和虚伪，乃至无穷无尽的痛苦滋生蔓延。但我还是在小溪里洗了洗手，去了寺院。因为我知道，转身或前行，在那里你有可能会碰到另一个自己，也有可能遇到前世的亲人。

阿克们出来了，他们做完了日课，开始忙自己的事情。他们用惊慌的目光打量着我，当我准备小心打问和我同乘大货车的那位阿克时，他们却很快消失在寺院的拐角处。

寺院的经堂不太大，门是半掩着的。酥油灯昏暗，但那些菩萨慈祥的面容清晰可见。我在门槛上放了几元钱（大概已是习惯了，在其他地方我经常留下香火钱，以便自己在路上顺风），人就这样，总是患得患失，而从不积德留福。在生活中做到豁达、平静而淡然才是最本真的，但这同样需要修炼，这个过程真的很漫长吗？我只身而来，又只身离开。留在记忆中的并不是那座寺院，也不是寂寞空旷的欧拉秀玛草原，而是那条小溪。我不知道，那条小溪能不能长久地滋养这片土地。

从寺院出来，我坐在路边的一块草地上，静静等候着过往的车辆。时间过了两个小时，再过两个小时，就会有麻烦，可还是不见车辆经过。索性躺在草地上。天真蓝，这大概是世界上最忧伤的蓝天。众神就在头顶，他们用朴素的语言教导我们健康和祝福的意义。你来自茫茫红尘，带着明亮的眸子和清洁的双手，那么就让尖刀生锈吧，让万物在阳光下生长，让自由在大地上繁衍。谁能拥有自然如此的馈赠？那么多空虚和痛苦、寂寞与浮躁接踵而至，是因为你心灵的觊觎而不能拥有？

我的初衷并非源于草原的美，也非草地上闲舒的牛羊和草原上空飞翔的苍鹰。当我面对草原，面对牛羊，看到牧人脸上布满的风霜时，我想，潜藏在他们背后的肯定是你无法臆想的另一种生活。有一天你或许是牧人，或许是一棵小草，当你日日夜夜守护在草原上的时候，你的影子就会和大地一起，生生不息。

想象似乎无法停止，可我真听见了遥远的汽车喇叭的声音。弯曲的道路没有尽头，也看不到起点。远处的草原更是一望无际，牛羊星星点点。我站在路边，怅然远望。路的弯道处，终于有车驶来。那是装有不多牛羊的一辆卡车。还算幸运，车停了下来。师傅没说什么，他朝车厢指了指。我爬上车厢，双手紧紧抓住栏板。一路上，思绪万千，甚至流下了泪水，而我不知道究竟为了什么。

佛珠的故事

1

　　魏文海是我高中同学，他母亲是本地藏族，父亲是外地汉人，在黄河首曲客居，几年之后，便去草原放牧了。魏文海高中毕业以后，就和当地一牧民搭伙贩皮子，后来又听说在黄河沿岸的欧拉秀玛草原拉铁丝围栏，再后来就没有听到过关于他的任何消息。据说在生意上翻了船，也不知是真是假。

　　这天，我刚走出小区大门，老远就看见了他——矮墩子魏文海（因为他个头小，而且长得瓷实，曾经在大象拔河等运动项目中，给班级带来过好多荣誉。上学的时候，大家都叫他矮墩子，他也不生气），我一眼就认出了他。20多年了，他依然保持着学生时代的那副"架子"。如果真要说有变化，那就是唇边留了两绺胡须，多了沧桑，少了稚嫩。在小区门口，他自然也是认出了我。没有多年未见的那种激动和热情，他硬是把我拉到一边，压低声音，说："哥们，有几串小叶紫檀的佛珠，便宜给你，怎么样？"

小叶紫檀的佛珠？这家伙总是不能消停，啥时候又开始倒腾佛珠了？

我笑了笑，说："算了吧。说说这些年在哪儿晃悠呢？不贩皮子了？"

"怎么说话呀？那都是何年何月的事儿了。"他不接我话茬，白了一眼，接着又说，"佛珠是好东西，正宗的小叶紫檀，印度货。贴肉戴着，一则促进血液循环，二则消灾免难。"

说实话，我还真看不起魏文海。老大不小了，怎么就没有个正经呢？人们总是说，骗子的话受人听，但是，怎么就断定人家是骗子呢？他见我犹豫不决，就继续滔滔不绝地说："帝王之木呀哥们，你不知道，来历可曲折了。如果不正宗，我也不会给你的嘛。"

"你怎么知道我在这儿？"我笑了笑，又说，"是不是专门来坑我？"

"说句人话行不行？"他似乎有点生气了，"谁愿意专门来坑你，这不恰好遇见了嘛。"

"拿来看看。"总不能伤老同学面子，这次我也是一本正经。

魏文海左右看了看，然后从挎在肩上的包里拿出一个不大的布袋，取出一串深紫色佛珠来。

我一把夺了过来，说："贩大烟呀，这么神秘？"

"比大烟还贵。"魏文海说，"只有这几串了，一般人我真舍不得。"

那几串佛珠的确不错，当然我是以一个外行人的眼光看的。佛珠直径足有两厘米，光滑而细腻，红棕色里隐约有金子般的光点，靠近鼻子一闻，淡淡的香味沁人心脾。"的确是好东西。"我在心里随之也感叹了句。

"怎么样？"他似乎从我的眼神中看出了什么，而急于想要得到结论。

"太一般了。"我当然要装出行家的样子来。

"这还一般？"他也是故作吃惊。

"几十块？"我笑着问。

"算了吧哥们，你不是这串珠子的主。"他生气地从我手里夺了过去，并且说，"空了到河沿路瞅瞅去，那儿才是几十块的。"

"河沿路上也有？"

"哦。"他迟疑了一下，显然是对自己的信口开河有点懊悔，然后又说，"都是假货，正宗的谁还摆在那儿呢。"

"正宗的怎么就不能摆在那儿了？估计你这和那都是一路货。"我说。

这次他没有生气，反而笑了。他说："好吧，那你去那儿看。看在哥们的份上，这串2000元给你，盘上两年，就不是这个价了。"

"盘？"这个是我第一次听。

他是走江湖的，当然从一举一动里早就洞穿了我的心思。"你不是行家吗？盘珠总该懂吧。"说完便露出狡黠的笑容。

"你收好吧，2000元我准备换个新电视呢。"我说完就匆匆离开了。不是我小气，当然更不是不念旧情，因为我觉得魏文海早就不是我记忆中的魏文海，而是一个痞气十足的江湖骗子。

"喂——"他见我匆匆离开，便又追赶上来，拦住我，"咱哥们不说废话，今天遇到你了，就便宜给你，1000总该可以吧？"

我真不想和他纠缠，可他跟在身后，叨叨不停，一直到通钦街，根本没有停下来的意思。

"100，拿来。"我伸出手，愠怒地说。

"拿去，算是干桩好事。"他将一串佛珠扔到我手里。我真后悔了，没想到这家伙果然是专门来坑我的。给了魏文海

100元后，只身去了单位。整整一下午，心里乱糟糟的。100元不算多，就算多，也抵不上凭空而来的烦恼多。如果这么去想，那倒是花钱买了烦恼，何苦呀。

佛珠是弘法最为方便的法器。使用佛珠时，自然不能过分地计较它的质料。只要能做到"静虑离妄念，持珠当心上"，也就可以早证菩提、成就涅槃了。但是，这样的境界则需要多少时日的修行？大凡红尘众生，谁不为油盐酱醋而操心？就算有修行的意念，也估计早被生活中密密麻麻的数字搅和得七零八落了。

尽管如此，回到家之后，我还是忍不住翻找了相关资料。

小叶紫檀为蝶形花科、紫檀属，密度大棕眼小是其显著的特点，且木性非常稳定，不易变形开裂。多产于热带、亚热带原始森林，以印度迈索尔邦地区、缅甸地区所出产的紫檀最优。其质地坚硬，色泽从深黑到红棕，变幻多样，纹理细密。紫檀有许多种类，生长速度缓慢，5年才一年轮，要800年以上才能成材，硬度为木材之首，系称"帝王之木"，非一般木材所能比……

中国古代认识和使用紫檀木始于东汉末期。晋崔豹《古今注》有记载，时称"紫檀木，出扶南，色紫，亦谓之紫檀"。到了明代，此木为皇家所重视，开始大规模采伐。清朝中期，由于紫檀木紧缺，皇家还不时从私商手中高价收购。清中期以后，各地私商囤积的木料也全部被收买净尽，这些木料中，为装饰圆明园和宫内太上皇宫殿，用去一大批。同治、光绪大婚和慈禧60大寿过后已所剩无几。至袁世凯时，遂将仅存的紫檀木全数用光。

我看到这些资料时，不禁哑然失笑。魏文海所谓的正宗印度货就这么轻而易举到我手里了。

对佛珠感兴趣大概起源于100元买来的烦恼。然而在那么多排山倒海的资料里，大多都提及家具，紫檀木做佛珠的介绍相对较少，而对木料的鉴定和买卖却令人应接不暇，真假难辨。

甘南藏族自治州是中国十个藏族自治州之一，也是佛教盛行之地，或许是这个原因，魏文海才由贩卖皮货改为买卖佛珠。无论他在生意上的利益如何，就凭这种前瞻性的眼光来看，我真是自愧不如。

2

魏文海的话倒是让我想起了河沿路。我平常很少去那儿，自然也不太清楚。只记得前些年的河沿路很清静，没有杂乱的设摊设点买卖。柏枝、桑子、隆达等日常祭祀之物却很常见。河沿路一头通向通钦街，一头延伸到东二路路口。在这座草原小城里蜗居了好几年，而这条只有一公里多的河沿路的确极少来。因为这条路既不是商业区，也不是小城的繁华地带。然而当我来到河沿路的时候，却吃惊不小。

河沿路靠右是格河，一排排杨树挺立在岸边，浅浅的河面上漂浮着泛黄的落叶。不宽的路面两边比起前几年，多出了许多摊点。那些来自南方的花朵在北方干燥而寒冷的街面上，彻底失去了昔日的娇贵，变得孱弱无比。从田间归来的妇人们精心做了千层底布鞋，摆放在路边，鞋垫上绣着的一对鸳鸯在高原的阳光下没有失色，它们头碰头，亲昵有加。卖旧报纸和书刊的摊位上，围了一大圈人。再往前一走，便是清一色古玩摊位。挨着古玩摊位的便是一家做佛珠的。一公里多的河沿路，大多地段依然荒凉着。人来人往，接踵而至的热闹地带也不过200来米长。我从古玩摊点一步步挪动着，我知道，此行河沿路是专门来看做佛珠的，走到这里，心底自然生出无穷尽的好奇和幻想来。

这里的古玩，实际上叫旧货更合适。因为见到了"气死猫"灯台，见到了水烟锅，也见到了铜镜、火镰，更多的是佛珠。那些珠子或是菩提根，或是玛瑙，或是砂金石，抑或是牦牛角。我问卖主，他说都是上了年代的古货，价值不菲。我"哦"了一声，没有说什么。他看了我一眼，没有招呼，

河沿路一头通向通钦街，一头延伸到东二路路口

也没有露出鄙视的神色，大概是从我的表情里早就看出我是过客，而不是实买主。

做佛珠的摊点上人最多，一对年轻男女忙得不可开交。男的下料，等下好料后，又忙着车珠。女的一边打磨珠子，一边将打磨抛光后的珠子给卖主一一串起来。车珠机旁边放着一个大箱子，里面摆满了各种各样的木料，木料上都贴有标签——金丝楠木、小叶紫檀、绿檀、黄花梨、乌木等，大都是我没有见过的。围在四周的人们七嘴八舌，有的说全是假货，有的说像是真的，感慨之余，十之八九都要做一串。

　　爱上河沿路已经半月有余，闲暇时间总是跑到那里，听买主和卖主之间的讨价还价，也听他们相互戏说。那个六旬开外的老头儿大概是这里的常客了，但凡我去，总能遇到。他既不做珠子，也不多说话，坐在一个很小的木凳上，一坐下来就没有走的意思。最引人注意的是他的那双手套，想必里面装了值钱的东西。

　　我顺势蹲在他身边，也没有说话。一连好几日，他也似乎注意到我了。

　　这天，他看了看我，然后问："也好这个？"

　　我笑了笑，点了点头。

　　他说："多长时间了？手头有好货吗？"

　　我说："怎样的货才算好货呢？"

　　他盯着我，看了一会儿，然后又摇了摇头，说："自己以为好的，自然就是好货了。"

　　老头儿的这句话立刻让我心里一沉。"自己以为好的，自然就是好货了。"轻松而平淡的一句话，顿时让我对那些所谓十分昂贵的木料有了新的看法。起初，我也动心想做串金丝楠木的佛珠。实际上心里非常清楚，金丝楠木是特有的珍贵木材，15颗一串的佛珠绝非三五百元就能得到的。皇家专用之木料，此时满街都是，就算是正宗货，心里难免不踏实。可阳光下金光闪闪，金丝浮现，且有淡雅幽香的金丝楠木佛珠的确让人心起伏不定。这又让我想起大街上的那些小青年，总喜欢从网上淘些挂有品牌吊牌的服装或美玉金银之类的首饰，看着光鲜，气派，殊不知金玉其外败絮其中。这大概是时代所迫，追名逐利，相互攀比，使大家的内心开始对虚假的东西有了前所未有的痴迷，进而丢弃了朴素和本真。

看了这么多天，也想了这么多天，始终狠不下心，掏不出那些同样令人心疼的票子来。

老头儿继续说："关键是人心所向不同，木头与木头之间才有了高低贵贱之分。"他说着就从那只揉搓多日的手套里取出一串珠子来。

"你看我的这串，虽然不敢和楠木、乌木之类的相提并论，但它在我的心里远比那些高贵的木料要好。"他说。

我原想从他手里接过来仔细看的，可他却没有直接给我。

他说："珠子还没有完全盘好，最好不要沾手汗。"说着，将珠子平放在手套上，伸过手让我看。看不出有什么特别，所有珠子大抵如此吧，只是他的这串在色泽上稍有点暗淡，但像眼睛一样的纹路十分清晰。

他继续说："这可是迭部的檀香木，不上漆，不打蜡，不加香，自自然然，本分坦荡。"

"迭部还有檀香木？"我对他的话不敢苟同。我知道迭部素有"植物王国"之称，分布于印度、马来西亚、澳大利亚及印度尼西亚等地，被称为"黄金之树"的檀香木在青藏高原是不可能有的。

他接着又说："当然有啦，收集到这串带有鬼脸的珠子，我可是花了时间的。"

"带有鬼脸？这岂不是不吉利的嘛。"我笑着问他。

"你也不好这个吗？"他笑着反问我。

我没说什么，我知道他至少在我跟前是绝对的行家。

"简单地说，就是一个比较特殊的纹理，取了个象形的名字罢了。鬼脸不同于骷髅，骷髅佛珠是正统佛教密宗独有的，是密宗金刚部的法器，一般佛教徒不用。当然我也就知道这些了。"老头儿将那串佛珠装到手套里，一边揉搓，一边继续说，"迭部林大，1949年前檀香木很多。檀香木高贵，地方人家雕刻佛像首先要选檀香木。可这种木材已经没有了，据说现在连树根都很难找到，除非是细心人家私自收藏，人家收藏的，自然不会随便给人。你闻闻，不说其他，就凭这味道也会值不少钱。"说完后，他将手套送到我鼻子前。隔着手套，我的确闻到了一股奇香，那香不同于香水，也不同于大料。大自然恩赐人类的清香醇正独特，是不可替代的，任何人工合成的香都无法与之媲美。

老头儿见我迟疑不定，便面露喜色，说："走，到东一路桥头看看。"

"到东一路桥头干吗?"我疑惑地问他。

"到了就知道了。"他说。

东一路是小城的民族商业区,桥头上有许多藏式服装店,临河一带驻扎着许多鞋匠,鞋匠的邻居便是贩卖"大河家"菜刀的许多商贩。东一路相比早年,民族特色更为浓烈。酥油、蕨麻、松石、藏刀、经桶、哈达等,大凡需求者,从不去其他地方。我经常去那里,除了看看新到的藏式服装外,则是在那儿看"大河家"菜刀。因为有一把好刀,生活就会多出另一番滋味。此时这位神秘兮兮的老头儿带我去东一路,莫非东一路也有河沿路这样的市场?

和老头儿一边一路朝东走,一边听他说盘珠的事儿。

老头儿说:"佛教上所讲的盘珠子实际上是一种仪式,不在乎最后的效果。收藏文玩意义上的盘珠子,要求就高一些。"老头儿说着,始终没有停止揉搓手里的东西。"刚做好的珠子不要急着去玩,先放上几天。本地的檀香木除外,它不像外地那些高贵的木料,不需要适应湿度和温度的。自古扎根在这里,只要是干透的木料,就绝不会开裂。盘珠要用棉线手套,每日半小时左右,坚持一周。然后在阴凉处放几日,再重复盘,直至包浆。再放一段时间,再重复去盘,反反复复,半年过后,就可以上手了。"

东一路桥头卖"大河家"菜刀的摊点

我们经常感叹做人的艰难和生活的复杂，其实，天地万物何尝不是如此。如果没有遇到魏文海，如果不去买他的珠子，如果不为那100元烦恼，这一切于我而言永远是大门之外的另一番天地。已经踏进这扇秘密而深沉的大门了吗？其实还很远。

老头儿继续说："盘玩的时候要轻柔，不要过于激烈，不要让珠子之间发出很大的撞击和摩擦声。也不要将所有时间完全沉浸在盘珠上，一生是有限的，爱好在一生当中仅仅占一点，没有必要为盘珠而使自己身心疲惫，烦恼丛生，那样就失去玩珠的本意了。"

3

老头儿带我去的地方并不神秘，只是我从未注意而已。那地方就在东一路桥头，沿着鞋匠和卖"大河家"菜刀的商贩的摊位一直往里走，大约200米就到了。那是一家农户，院子收拾得干净整齐。我们进去的时候，那家主妇正在洗衣，她没跟我们打招呼，也许每天出出进进的人太多，早已习惯了。主人倒是很热情，他停下手头的活，满脸堆笑，客气地给我们搬过小方凳，然后和老头儿搭话。

"马爷，好几天不来了。"

"给你带来个行家。"

主人看了看我，然后又看了看老头儿。这个行家就是我？我顿时涨红了脸。

"你也看上迭部的檀香木了？这东西正宗，不是太贵，掺假没必要。"他显然是说给我听的，可我对这一切全然不知，也只能冒充行家，而自以为是地点了点头。

"昨天刚来了几十斤树根，你自己选吧。"他说着便朝西厢房指了指。

西厢房不大，里面除一些木头和木头碎屑外，便无他物。

主人说："你进去自己挑，一般情况下都是好的，几乎没有赌性。"

木头不大，但或多或少都带腐皮。我随手拿了一块就出来了。到这个份上，也只能硬着头皮做一串了。原本没有想着要做佛珠，只是好奇，或者说是那位老头儿硬邀请过来的。不知道需要多少钱，也不好意思说不做，抑或先开口问价钱，那样将有失我这个"行家"的身份。

主人见我挑好了木头，便说："做多大的呢？"

"先做串手珠看看吧。"我说。

"好。你瘦，手腕不大，戴串一点二的应该适合。"他说着就戴上口罩，并且打开了下料机。一阵剧烈的嘈杂声过后，我看见了那块木头的剖面，但见那剖面处一片暗红，清香随之扑鼻而来。老头儿坐在小木凳上一言不发，只是微笑。我不知道该说什么，这样的木头我的确是第一次见，看着那可人的颜色，闻着清香，我甚至忘记了起初的不快和内心的犹豫。

主人把木头四面的腐皮刨平后，又拿皮尺将我手腕量了一下，然后自语道："14颗差不多。"他放下皮尺，又拿起游标卡尺，将木头量好，放到下料机上，打开机器，切下一片木头，再将切下的木头切成一根长方形木条，最后关了下料机，打开车珠机。一会儿工夫，圆圆的大小均匀的珠子就车好了。那珠子比起先前切开木头的颜色更为好看，只是表面很粗糙。主人将珠子一颗一颗从锯末里捡拾出来，用手搓了搓，然后又放进打磨机里，来回打磨了半个小时，其间还换了三回砂纸。打磨后的珠子呈现淡红色，反而没有当初的好看。珠子打磨好后，就剩抛光了。抛光机和打磨机一模一样，不同的是将砂纸换成了兽皮。抛光用了半小时。当他从抛光机里取出珠子的瞬间，我兴奋得差点叫出声来。珠子脱胎换骨了，暗红色变成了深紫色，闪闪发亮，香气怡人。微微发烫的珠子在手心滚动，这哪里是珠子呀，简直是天真无邪无可挑剔的美瞳！

老头儿开始发话了。他说："这是正宗的，河沿路上的小叶紫檀都无法比。"我知道老头儿所说的意思，小叶紫檀哪能随处可见？珠子做好后，我又担心，会不会要价很高？

花200元，从选料、下料、车珠、打磨、抛光、穿珠，目睹这串珠子形成的前前后后来说，并不贵。做珠子的人想得十分周到，就连盘珠的手套都给准备好了。加厚棉线的一双15元，麂皮的一双70元。他还说："刚开始盘就用棉线的吧，等盘上一段再改用麂皮盘。原生态麂皮柔软细腻，不划表面，而且吸附力强，不会损伤珠子。"任何行道都有它潜在的规则，不服不行。我拿了一双15元的加厚棉线手套，将珠子装了进去。

"小伙子，用迭部的檀香木做一串佛珠，物有所值，好好玩，乐趣无穷。盘的是木头，修的是心气。"老头儿笑着说。

物有所值的话是针对行家的，就一般人而言，无论什么样的东西，首先都会考虑需要不需要。那么我真的需要吗？从东一路出来后，我一直想着这个问题。

4

喜好佛珠大概源于自己对陌生的另一行道的好奇。接下来的好多时间我几乎放弃了正在做的和即将做的一切，白天只要一有空，就出没在河沿路和东一路桥头，晚上便沉浸在翻阅资料当中。

佛珠，本称念珠，是指以线来贯穿一定数目的珠子，于念佛或持咒时，用以记数的随身法器。在佛教经典中，关于佛珠的起源，一般都以《木槵子经》所载佛陀对波流离王的开示作为通说。经云：

佛告王言：若欲灭烦恼障、报障者，当贯木槵子一百八，以常自随；若行、若坐、若卧，恒当至心无分散意，称佛陀、达摩、僧伽名，乃过一木槵子；如是渐次度木槵子，若十，若二十，若百，若千，乃至百千万。若能满二十万遍，身心不乱，无诸谄曲者，舍命得生第三焰天，衣食自然，常安乐行。若复能满一百万遍者，当得断除百八结业，始名背生死流、趣向泥洹，永断烦恼根，获无上果。

……王大欢喜，遥向世尊头面礼佛云：大善！我当奉行。即敕吏民营办木槵子，以为千具，六亲国戚皆与一具。王常诵念，虽亲军旅，亦不废置。

波流离王在佛陀的开示之下，便开始用木槵子来做佛珠，持念佛法僧三宝之名，用以消除烦恼障和报障。

这应是佛教当中佛珠最初的起源了。

《旧唐书·李辅国传》亦有载：

辅国不茹荤血，常为僧行，视事之隙，手持念珠，人皆信以为善。

治理国家，以善为本，使国民心倾于善念之中，乃国之福也。拿起念珠就告诫自己念纯净，一心贯彻于善念中，久而久之便能明心见性，心开意解，是故持珠善念大抵如此。事实上，现在更多的人谁会这么去想呢！时下许多并非信仰佛教的男女，皆以佩戴佛珠为荣，佛珠俨然成为一种时尚饰品，而失去它原有的本意了。

和东一路桥头做珠子的主人彻底熟悉，是我接连半月内做了20余串手珠之后的事。

他是本地人，叫麻义成，起初在东一路开服装店，说由于网店的冲击，服装生意日渐冷清。也是偶然，他在河沿路遇见做珠子的人很多，于是就想到这门生意不错。这期间，也请教过河沿路那对年轻男女，但人家闭口不说。不说也属正常，毕竟涉及利益。

麻义成给我详细说了他做这门生意的经过。

河沿路那儿是不做迭部檀香木佛珠的，因为这种木料极为奇缺，加之他们是外地人，自然做不了。他们只做小叶紫檀、大叶紫檀、黄花梨、金丝楠木等。麻义成说，他下了很大决心，才去北京潘家园购买佛珠机。机器买到后，顺便也买了点所谓的小叶紫檀和大叶紫檀，价格不是太贵。回来之后，就在自己家里做佛珠。起初生意很淡，大家都在河沿路上做，很少知道东一路桥头也有做珠子的人。直到有一天，马爷拿着一块迭部檀香木树根来。本地有檀香木一说，他也是第一次知道，但那木料的奇香和颜色的诱人使他萌发了专做本地木料的佛珠的想法。于是，他又花了好多时间，去迭部四处打问。迭部的檀香木几乎绝迹了，就算有，那也或许是极少的被保护着的树种。在迭部逗留了好些日子，空手返回，至此，他对这门生意算是彻底心灰意冷了。

尽管心灰意冷了，但他总是在河沿路出没，观察。看着人家生意十分红火，自己又没能力抢夺顾主，心里苦闷至极。马爷是本地人，自然对本地人有所眷顾。他们也是在河沿路认识的，一来二去，马爷知道了他购买了佛珠机而毫无生意的窘况。马爷算是半个行家吧，在那儿做佛珠的人都知道，凡事都要请教他。认识马爷之后，到他那儿来做佛珠的人渐渐多了起来，这一切都离不开马爷的引荐。当然了，他对每个顾客的要求都做到了无可挑剔，而且在打磨和抛光上更是精益求精，价格也比河沿路那边便宜。这样做最容易引起同行的憎恶，但在当时只有那样做，才能挽回所有的成本，扭转无生意可做的尴尬状况。

更多的迭部檀香木是马爷找的，马爷有本事有能力，他说好藏有檀香木的那些人家，亲自把木料拿到家来了。1斤30多元，争斤论两。看着堆积起来的那么多檀香木树根，说真的有点发愁。后来的事实证明，他的担心是多余的。迭部檀香木深受大家喜爱，同时，锯末也会有人专门收购。煨桑和制作藏香，估计都离不开它。

在这个行道干了一年多，说实话生意比河沿路那对年轻男女好多了。有些人不远万里来到这儿，都是奔着迭部的檀香木来的。他们不去河沿路的原因只有一个——河沿路的木料不对劲。小叶紫檀、金丝楠木、黄花梨，多珍贵的木料，一串手珠200多元，一听价格就知道是假的。小叶紫檀上的金星都能做假，还有啥假做不上呢。真的金星是磨不掉的，有奸商在普通的紫檀表面刷木粉或铜粉，然后用胶把木料的维管封死，之后再打磨表面，这样做出来的假金星当然玩不了多久就掉了。话又说回来，做珠市场上通行的紫檀大多都是用香精浸泡的一般木头，或者是酸枝木的替代品。

麻义成说了很多，我也在想，佩戴佛珠只是一种心态，何来这么多渠渠道道？佛珠的本意在众多收藏家和爱好者眼里已经不复存在了，一定程度上，它成了某种身份的象征，没有善念，也没有心怀慈悲的时候，木料本身就会指引人们沿着罪恶的方向飞速前行。

麻义成也说到有人找了酸刺、黄刺、红桦、青冈等木料做过珠子，无论什么样的木料，经过认真仔细地打磨和抛光之后，珠子依然很漂亮。也有人从其他地方高价寻得血龙木，一上料机，感觉像锯骨头一样，放到打磨机里，不到五分钟时间，砂纸全变白了，后来才知道，木料里全都打了蜡。

大概人心不同，对事物的觊觎也不同，因而在选材上多出了高于生活本身的要求，加之现代人的攀比心理，烦恼就会接踵而至。念佛珠用以消除烦恼障和报障，而更多的情形却是因为渴望找到好的木料去做佛珠，反而带来了无尽的烦恼。在收藏家或玩家眼里，木料比佛珠重要，佛珠比念佛更重要，这样的结果真让人无言以对。

5

河沿路那对年轻男女好几天不见影子了。想方设法打听到他们的住处，当我找到当周街的某处民房时，他们已经搬走了。听邻居说，那对年轻人是夫妇，他们不是本地人，以前在夏河拉卜楞寺院附近专门开个小商店，专门卖佛珠，搬到小城做佛珠也是一年前的事儿。前不久他们去了迭部，具体去哪儿了谁也不知道。

迭部古称叠州，北边与卓尼相邻，南边是四川的松潘草地，四周全是高耸入云的石山，森林覆盖面积更是蔚为大观。位于美国哈佛大学的阿诺德植物园里，有很多树种来自一百年前大洋彼岸的中国。更准确地说，是来自中国甘南的迭部。

1924年9月，一个叫约瑟夫·洛克的美国人乘坐火轮车从纽约前往旧金山，再搭乘客船到达了上海，最后经四川，最终到达甘肃南部的甘南藏区。1876年到1928年间到达中国西北地区的探险队有42支之多，但能深入到迭部山区的只有洛克一人。洛克以迭部的旺藏寺为据点，开始了对迭部原始森林的考察。1926年8月，洛克将他的助手们采集到的种子打包邮寄回美国……

　　我不知道约瑟夫·洛克打包邮寄到美国的那些种子里有没有檀香木，但我的确没有从各种各样的资料里找到有关檀香木的记载。曾多次到过迭部，拉着朋友四处打听，奇怪的是几乎没有人知道。有一天，朋友对我说，他先前有本《迭部树木简志》，或许那上面有记载，只是可惜那本书已经让别人拿走了。他说得漫不经心，可是我却在州图书馆耗了十几天。后来，经四方打听，从一位退休多年的林业工人那儿找到了这本书。书上记载了迭部的树木种类，有松科、麻黄科、樟科、木樨科、瑞香科等60余种。我依然不死心，一页一页认真翻阅，终于在柏科里找到了檀香木。

　　《迭部树木简志》是这样记载的：

　　　松潘叉子圆柏、檀香木（迭部）

　　　乔木，一年生枝的分枝均为圆柱形。叶二型，鳞叶交叉对生，先端刺尖，背面中部有长椭圆形或条形腺体；刺叶交叉对生或兼有三枚交叉轮生。球果生于直伸的小枝顶端，熟时淡褐绿色，具一至二粒种子。

　　　产于白云、腊子口，海拔2000-2500米地带，生于阳坡组成小片纯林，或散生于沟谷杂木林中。分布于四川和甘肃南部。数量稀少，为优良用材树种。

　　与我当初的猜想一样，迭部是没有檀香木的。檀香木除了高贵的身价外，在中药学上也占有一定的地位。作为中药，它归脾、胃、心、肺经，具有行气温中、开胃止痛的疗效。《本经逢原》载："善调膈上诸气，……兼通阳明之经，郁抑不舒、呕逆吐食宜之。"《本草备要》也有"调脾肺，利胸膈……为理气要药"之说。当然迭部的檀香木绝非中药的檀香，那只是圆柏，或许因为它独特的清香，而被当地人误称为檀香木罢了。

　　前前后后做了几十串佛珠，也多多少少了解了一些关于佛珠的常识，弄清了迭部檀香木的来龙去脉，算是了了一段心结。

　　我的一位朋友自称与丁香结缘，为此他还写过不少关于丁香的诗。毛叶丁香虽稀少，但在迭部还是能找到。我托朋友专门去腊子口、水磨沟等处寻找。总算是找到了。他阴干后捎给我不多的枯枝。接到毛叶丁香的枝干后，我又在家里搁置了一段时间，后来在麻义成那儿做了一串非常漂亮的佛珠，寄给了他。毛叶丁香的纹路看起来比檀香木更美丽，一圈一圈缠绕着，微微泛紫，淡淡的清香里略有点焦灼味。我知道，他和我一样，算不上是玩家，也不在于木料的高低贵贱，在乎的只是那种心境，在意的也是那种乐趣。

用来制造佛珠的材料可以说是不胜枚举，无论是矿物还是植物，大凡竹、木、牙、角均可制成佛珠。但在佛典当中有记载，可用来制造佛珠的材料实际上非常有限，最多也不过10余种，实在无法与现今众多繁杂的品类相比。

老薛是我的朋友，有次他告诉我说："最近去了一趟郎木寺，得到一串珊瑚手珠，绝对正宗。"

我问他："如何判定是正宗的呢？"

他说："我看了许多手珠都没看上。后来，老板娘从里屋拿来了一串。"

我听着就笑了起来。因为这是大凡卖家惯用的伎俩，看你是本地人，然后从里屋取东西，说什么本地人不能宰本地人之类的，最后却用高价把你给宰了。

果然不出所料，一个月后的某一天，老薛来电话说："珊瑚手珠现原形了。"

我没说什么，因为那样的当我也上过，所以知道。也是因为大凡众生都想着以最少的钱换回最昂贵的东西，结果往往是贪小便宜吃大亏！

老薛说："外面一层酷似珊瑚的漆皮掉了，点点斑斑处，可以看出，是玻璃无疑。"

我又想到五花八门的佛珠市场，所谓小叶紫檀、黄花梨之类的高贵木料有多少是真？

佛珠是修行的工具，念佛、持咒存乎一心。千百年来，佛珠已由参禅悟道的工具演变为众生大智慧的象征。现代人越来越喜欢佩戴佛珠，而实际上，佛珠在宗教寓意之外早已成为时尚文化的符号了。戴佛珠的人，皆应看作是深具善根、无始劫来与佛有缘的人。可是现在呢？

《金刚经》说："凡所有相，皆是虚妄；若见诸相非相，即见如来。"众生修行，无非诵经、念佛、拜佛。如果你具备善根，那又何必过分计较做佛珠的材料呢？这样看来，真与假从来就在你的内心里。奇怪的是我们往往看重了表面的假，而遗失了内心的真。

6

当我放弃玩珠的所有念头，准备静心去做另外的事情时，魏文海却找上门来了。起初想着，那家伙又推销他的佛珠来了，真有点不待见。他没有了上次的神秘，也没有从背包里掏出东西，看上去，神情木讷，说话也不利索。我瞬时没有了要奚落他的心情，并给他让座倒茶。

闲谈间，他的目的渐渐显露出来。这次他不是来推销佛珠，而是来借钱。我不是大老板，也不是企业家，就那份工作，何况上有老下有小，说实话的确很难拿出多余的钱借给他。

按理说，他家在黄河首曲是有牧场的，不至于到这个地步。

我小心地问他："到底出什么事儿了？"

他倒是很坦诚地说："父亲去世了，牧场上只有母亲一个人。"

有牧场还到处游荡，我听着心里愈发看不起他。

他继续跟我说："划分的大多草场由于顾不上，就又转包给别人了，可这一转就是好几年，那样既不荒废，还能多赚点。家里牛羊不多，原想留有的草场完全够用。但事情并没有想的那么好，留有的那片草场虽然在黄河附近，但严重缺水，几处沙化的地方越来越严重，已经到不可放牧的地步了。"魏文海说到这里，便低下了头。

"生意做得怎么样？"还没等我开口，他自己却先说了起来。

他低着头，不好意思看我，声音也比以前低沉了许多。

"前几年不懂得怎样生活，到处闲逛，和旦正才让一起贩过羊皮，结果赔了不少。也到草原拉过一阵铁丝围栏，后来听说佛珠生意好，就又倒卖了一阵。现在想把转包的草场收回来，添些牛羊，好好看牧场。草原上人很本分，大家愿意把转包的草场退回来，可是要把钱退给人家呀。"

草地上卖手链的老奶奶

我听着心里也特难受，可也是无能为力。首曲草原是甘南，乃至全国屈指可数的天然优良草场之一，但随着气候的变化和人为的破坏，现在已是满目疮痍。这样的境况不止他家，在首曲草原守牧场的许多朋友都提及过。草场沙化一年比一年严重，而且退牧还草压力过大，放牧的都已做不到安稳，那么他们的出路又将在何方呢！

魏文海带着失望离开我家后，好几日我的心情始终无法平静下来。满大街都是做生意的，但常住草原牧场的似乎远远跟不上真正生意人的精明。说不上过几年的首曲草原上，就会见到做珠子的人。尽管魏文海是生意场上一个失败者的例证，但也不保证所有人都和他一样，然而我担心的并不是和他一样的外地人。所谓修行，实际上何尝不是修善！当大片草原彻底沙化，黄河源流不断缩小，见不到牛羊的那一天，修炼成仙又有何用？

佛珠依然是当下的流行饰品，把玩，赞赏，高价买卖，而它的原本意义已经消失殆尽。似乎从来就没有人想到过，从念佛开始，将善根渗入到具体的当下生活之中，那将是多大的善根呢！

黄河拐弯处

1

　　公元2015年深秋，我再次踏上遥远的草原之路。翻越海拔3400多米的高山，于我而言不存在任何问题，唯独担忧着，所想之美与所到之处会不会有着巨大的反差？因为深秋时节的草原不但没有了花香鸟语，而且阴暗潮湿，空旷荒凉。

　　朋友一大早就在通往齐哈玛的路口等我。齐哈玛位于玛曲县东南部，距县城100多公里。相对其他乡，齐哈玛不算远。我的另一位朋友早年在木西合乡当老师，他说一年半载才有一辆路过的车，从县城捎来亲戚朋友的书信和白菜萝卜之类的，见到那些信和蔬菜他们就会大哭一场。那里四野不见人影，他们几个闲暇时间就修路。偶尔有路过的车辆歇歇脚，顺便蹭顿饭，但捎带东西往往少不了运费。大家也不计较，总之，能见到有人路过，心里就已经很高兴了。虽然已经过去了几十年，然而，他每每说起那段岁月时，总是愁肠百结，无法释怀。

齐哈玛地处黄河南岸，虽与木西合不在同一条线上，但都是纯牧区，大致条件相同——依然没有宽敞的柏油大路，草原深处的牧区依然没有电，有些地方电话依然不通。此时我坐在车上，望着远处花白的草地，似乎闻到了草籽成熟的精纯之气。黄河岸边的黑刺林和柳树连成一片，也不失为一道绝美的风景，但还是难掩深秋时分的荒凉。

一路颠簸，下午时分总算到了。

朋友叫索南，在齐哈玛乡工作了好多年，早成齐哈玛人了。到齐哈玛后，他一边忙乎着生火，一边收拾屋子，而我一点精神都提不起来。

他笑着说："难道高原反应了？"

我在甘南居住了30多年，自然称不上是高原反应，但不知为什么，就是打不起精神来。

"先休息一会儿吧，晚上还有战场！"

我一听真要喝酒，便说："有点反应，恶心，头晕。"

等我醒来时已经是第二天，房间里没有"战斗"过的痕迹。

人烟稀少的齐哈玛街道

　　索南一进门就破口大骂："老狐狸，不地道。摇都摇不醒，连饭都不肯吃，你装什么？"其实对昨夜所发生的事情我的确没有印象。大概真有所反应，或者沿路没有看到所要看的景物而心生疑惑，开始质疑这次出行的意义，所以没有了那份热情，也没有了路上豪言壮语要大战几百回合的信心了。

　　我穿好衣服来到隔壁房间，那里却是一片狼藉。有人还卧在床上一动不动，床单和地上满是秽物，气味令人窒息。

我很高兴躲过一劫，于是便偷偷跑到外面，准备吃点东西再回去。

街道不大，人也不多，可能是天气阴沉的原因。乡政府背后的山脚下是齐哈玛有名的扎西曲朗寺，寺院四周有很多转经的老人。我沿寺院转了一圈，遇到了路边玩耍的孩子，也遇到了匆匆忙忙赶往经堂的僧人，他们对我的到来视而不见，那些转经的老人在一圈一圈地行走时，更是目空一切。当人类完全回归于最初的那种平静的时候，世界或许就和谐了。我不知道怎么就突然这样去想，也不记得这句话源自何处，抑或是自己的杜撰？不管最初的想法里夹杂着怎样的贪念，而此时，我努力让自己骚乱的内心在齐哈玛宽广无垠的草原上能够平静下来。

太阳隐隐约约有出来的意思，不宽的街道上，摩托车也渐渐多了。一个有阳光的地方，终究让人觉得温暖。让人心怀温暖的不仅仅是阳光。齐哈玛就是一个让人内心安静的地方，你完全可以找到那种源自心灵深处的温暖，它们来自果擦，来自果青，来自哇尔义，来自遥远的牧场，来自这片宽厚而温暖的土地。

吃完饭我回到了索南的房间，索南的酒已经醒了，但看上去依然是满脸疲惫。

他问我："你去扎西曲朗寺了？应该说一声，我带你去更合适点。"

我说："我吃饭去了。"他"哦"了一声，没说什么。

我问他："你吃了吗？胃里空着会更难受。"

索南摇了摇头，说："明后天要进村，一大堆工作还等着呢。基层工作实在令人头疼。"

"有那么忙吗？差不多就行了。"我笑着说。

索南的话匣子打开了，他盘膝坐在床上，慢慢悠悠说起来。

乡上就那么一条街道，日常用品倒是很齐全，就是饭馆少，谈不上好不好或香不香。以前有几家，后来陆陆续续都搬走了，四川那对青年夫妇在齐哈玛算是扎了根。男的开个摩托车修理铺，女的折腾着在修理铺隔壁开了一个很小的饭馆。一年，两年……不知不觉，她的饭馆渐渐超过了修理铺。来乡上办事的，或是工作的，都盯上她一家，现在已经是乡上最大的饭馆了。

将一件事做到让大家满意是不容易的，可人家四川那个尕媳妇真还做到了。从她那儿出来的人没有一个说菜不好吃，或人不热情的。来自四面八方的牧民群众，偶尔也有忘记带钱的时候，但在她那儿吃饭是不成问题的。都不认识，可是人家就不为难你。当然了，信任和被信任是相互的。赊账的人记得清清楚楚，某年某月某日吃了多少，欠了多少，倒是那尕媳妇忘得一干二净了。齐哈玛的钱都让他们挣走了，索南无不感慨地说。我们的基层工作为什么那么难搞？政府每年都要办双语培训班，几个月下来，会说藏语的有几个？到村子或牧场与群众交流的有几个？人家四川那个尕媳妇没有参加过任何培训，也没有人专门去教她，偏偏藏语说得十分流利，原因只有一个，她是把自己的职业和利益放在同等重要的位置上了，可我们没有。

　　索南在齐哈玛待了十几年，有好几次县上要求他调动，他自己不去，理由是齐哈玛的许多工作都没有做好，县上的工作会更做不好。我并不是笑话他的迂腐，也没有刻意拔高他的意思，像他这样的人真的不多了。也许大家都明白这一切，但都不愿意说，更不想去做。县城的诸多条件自然要比乡下好出许多，有调动的机会，谁都不会轻易放过，这是人性使然，除非你有不可告人的秘密，或者是巨大无比的野心。然而这两样对索南来说，似乎不具备。可他为什么如此坚守？我有点迷茫。

　　那天下午，我跟随索南去了距离乡政府最近的吉勒合村委会，回来之后，天色已经不早了。接连下了一周阴雨，总算有了晴的迹象。西边的天空出现了片片红霞，风也变得尖利起来。街道上行人多了，摩托车来来往往，几只藏獒大摇大摆在街面上徜徉，远处山上的扎西曲朗寺在暮色下显得更加寂静而安详，但我的心变得复杂起来。

村委会办公室是红砖砌成的三间瓦房。院子里杂草丛生，中间是旗台，旗台旁边是一个水泥墩子，上面安放了雨水测量器，当然还有四个绑在一起的高音喇叭。三间房屋各有安排，左边一间似乎是厨房，因为我看见了铁锅、牛粪和柴薪。右边一间大概是值班室，因为里面有一张床和一张桌子。中间房屋的墙壁上挂满了各种展板和表册，且摆满了长条椅子，估计是会议室了。墙角处是一个不大的书柜，上面落满了尘土。柜子里书不多，都是国家配合农村书屋发放的致富之类的书籍。我突然理解了索南所说的基层工作的难处。千百年来，游牧民族的生活方式注定了他们必须逐草而居，居无定所。召集开会，宣传政策，扫盲普九……这些工作是久住都市的人永远无法想象的。

2

我是被外面的嘈杂声惊醒的。不知道发生了什么事，外面好像有一群人在说话，不久就离开了院子。

没有了睡意，取出白天捡来的几颗十分光滑的石头，捏在手里，想着明天该走的路，想着将要发生的故事。

半个多小时，又传来杂沓的脚步声，接着索南就推门进来了。

"天晴了，明天就带你去采日玛。你起来看看，好多星星。"索南一进来就滔滔不绝地说。

我披衣起床，在院子里撒了一泡尿。天算是彻底晴了，星星稀少，而且格外明亮。不知道采日玛那边天气怎么样。采日玛和齐哈玛虽然很近，但草原上的天气是无法说清的，一片落着雨，另一片阳光明媚，这样的情况屡见不鲜。

还未来得及上床，索南就揪住我，说刚才吵闹的事情。

原来是哇尔义村的懒汉来闹，说房子塌了一间，要求乡政府立马去处理。

草场实施承包围栏到户后，牧业的确有了很大的发展，牧民的生活质量也提高了许多。然而草场划分给各牧户后，放牧的范围却受到了限制，部分牧户的草场出现缺水、无牧道现象，加之草原退化，牲畜承载量有限，因而生产生活又出现了新的问题。除牧民定居点外，草场牧户依旧用太阳能电池照明，通信信号覆盖面有限。基础设施相对滞后，给居民生产生活带来了诸多不便。但是，这也不是穷困存在的主要原因。要摆脱贫困，走上富裕之路，首先自身要改变思想观念，谋求发展。

索南说了大半个晚上，我一直认真听着。

深入基层是没任何问题，但似乎彻底解决的问题并不多。

索南说起每年3月初草场防火蹲点工作，更是摇头不已。想象一下，3月的高原是怎样的境况——大雪封山，寒风刺骨；飞鸟绝影，人迹罕至。他们去各处草地高山蹲点，的确不容易。刚走出校门分配到这里的娃娃们在大山顶上冻哭的多的是，但好像为此而不干的人还未曾出现。说到底，都是为了生存。人在生存的条件下，或者说为了更好地生存，耐力和精神或许才会发挥到极致。那些在牧场常年劳作的牧民起早贪黑，在精神的追求上更令人肃然起敬。但我不想过分强调精神的可贵和崇高，我会想到生存，只有在生存这个巨大的压力下，各种高贵和敬仰才会出现。

3

第二天我们并没有去采日玛，因为临时的工作变动，索南他们要去齐哈玛最远的村委会——果青村检查工作。当我们攀上海拔近3800米的奥道齐贡玛山梁时，距离齐哈玛果青村还有一段路。天气很凉，山顶上更是凉风习习。一条河在杂生的灌木丛与无边无际的草原上立刻缩小了身形。这条被誉为伟大母亲的河流在这里似乎不再是大动脉，而成了无处不在的毛细血管。

果青村在奥道齐贡玛山梁的东南边，几千里草原一望无

果青村村委会

垠，牛羊肥壮，可是很少见到人影。黄河曲折迂回，滔滔而去，也没有稍作休息的打算，留下的只是寂寞和空旷。被保护起来的草场里，黑颈鹤们窃窃私语，不知道它们在倾诉着怎样的柔情蜜语。

空旷是绝对的，想象和意识里，那种淳厚的原生态民歌也没有在这儿响起。金钱、荣誉、掌声都似乎和这片草原无关，如果说有关，那定然是时间了。《玛曲县志》记载了关于羌族的最早的生活生产之地"析支"就在这里。

我们可以猜想这片草原上所经历的征战，而我们难以想象的却是千百年前具体的生活状态，部落之间处理大小事务，或传达某种急要事件，也像今天这样？

到了果青村时，根本看不见有任何村落的迹象，唯一证明这里是村委会的就是草坡上修葺的几间房屋——那是村委会所在。

云彩一直在天边奔跑，聚合，分散，再聚合，它不会完全露出亮色，也不会完全将天空吞没。黄河像一条丝带，弯弯曲曲，一直消失在遥远的天边。一路几乎没有看见帐篷，但在村委会下面不远的一处草地上，我突然看见了一顶白色的矮小的用草皮搭建起来的小房子。朋友说，那是家小卖铺，坚持了好多年，专门为路人服务。我们走了下去，小房子前边是太阳能电池，电池旁边是一只凶猛的藏獒，还未进去，它就发出强烈的抗议。旁边一个垒牛粪墙的女人走了过来，将沾有牛粪的双手在草地上抹了抹，然后说："求齐告额（藏语：要啥东西）？"

整个草原上，小卖铺显得很小，也很孤独，里面摆放着十几瓶饮料，几箱方便面，此外，再无其他。我一直猜想，静静守护小铺子的主人的牧场就在附近？这里没有所谓的路人出没，那仅仅是为路人服务？是什么让他们如此死心塌地？"生存"这个令人汗颜的词语再次浮上我心头。在自然面前，谁敢大言不惭地说人的伟大？其实，当我们用另一种思维去理解这一切时，那种雷打不动的坚守难道不伟大？千百年来，他们日出而作，日落而息，纵然有新的生存据点可选择，但也不会离开草原。他们与生俱来就属于草原，他们已将灵魂安葬在草原，从来不会因为环境或气候而放弃坚守。

回来的路上，索南问我："是不是觉得那家小卖铺没有存在的意义？"

我说："茫茫草原上哪有路人呢？"

他说："这家小卖铺曾经救过几个深入草原的背包客，他们专门到乡政府来说绝处逢生的故事。算起来已有好几年了，从此后，这家小卖铺就一直保留在草原上，无论任何原因，都没有搬迁。"

我的眼前立刻浮现出那几个饥渴难忍的背包客，他们在茫茫草原上，拖动着沉重的步子，望着高原烈日，似乎对活着失去了信心。就是这家小卖铺让他们看到了希望，并且坚定地走了出来……

这家小卖铺在草原上就这么存在着，看起来没有多大意义。然而，当身处绝境的你在这里感受到家的温暖时，它足以使你从绝望迈向新生，从此对活着产生信心，并且提炼出珍贵的黄金来。

我对佛的世界知之甚少，但我能感到他存在的意义。在绿茵无边的草原上，飘动的经幡引领着人心，于是生活在草原上的人们便有了一种精神的空间。那是一种力量，一种足以使内心安稳的力量。也只有这样的力量和这种坚守，草原才有了新生的意义。

这家小卖铺的存在和小卖铺主人的坚守何尝不是一种精神？这种你看得见，却因为未曾深入而无法体味到的东西，往往使我们对原本存在的某种精神和坚守嗤之以鼻，因而也将失去了更多的活着的意义。悲哀的是，我们往往自以为是，在各种物欲横行的当下，背负着空虚，谈论着伟大，觊觎着高尚。

4

从齐哈玛到采日玛只有7公里，路依旧是返回玛曲县城的那条路，中途向东，穿过一座吊桥便可到达。采日玛吊桥是1986年修建的，桥面上积满了泥沙和碎石，看起来已经很陈旧了。齐哈玛和采日玛往来的唯一途径就是这座吊桥，牧民们为了使这条唯一的道通在岁月里能够保持长久，因而在桥的两边垒起来了两堵很高的石墙，目的只有一个，不允许大车辆通行。

采日玛海拔依然在3400米左右，相比县城而言，这里纬度较低，因而有了"玛曲小江南"之美誉。继续沿着黄河前行，河道离公路越来越近，直到看见采日玛寺院。采日玛寺院背靠群山，向阳，温暖，静谧，安详，加之眼前是一泻千里的黄河，更加显得神圣而不可侵犯。

路边几个小阿克一直看着我们。我没有拍照的意思，可当我摇下车窗，他们却不住朝我摇手。我知道，任何人都不喜欢让陌生人随意举起镜头将其装进幽深的另一个世界里。我也朝他们挥了挥手，说了声"齐巧代冒"（藏语：你们好）。

其实这里还不是采日玛乡政府所在，这里只是采日玛寺院，寺院下面，是一个相当安静的村落。街道不宽，占地不大，几排陈旧的房屋和四周的转经筒及牛粪房，使这里多了牧业繁荣的气息。几栋二层贴有瓷砖的小楼房和花花绿绿的摆在当街的集市，又使这里附着了现代文明的烙印。

"齐哈玛乡的塔哇村怎么在采日玛乡所属的草原上？"

我问了索南他们，可他们也说不出所以然来。我又专门去问过我的老朋友陈拓先生，因为他主编过《玛曲县志》，对边界很熟悉。后来，他特意给我写信将这一情况如实相告。

　　1948年，齐哈玛部落与四川阿坝麦仓部落发生了重大纠纷，齐哈玛寡不敌众，被迫逃到河曲境内，原全部草场遂被四川阿坝麦仓部落占用。1953年，玛曲、阿坝开展工作，多次协商，均没有得到解决。1960年9月，根据四川成

采日玛寺院下面是一个相当安静的村落

都会议协议，齐哈玛得以返回原驻牧地，但只得到三分之一草场，三分之二的草场仍然被阿坝占有。齐哈玛群众返回原驻牧地之后，认为与历史放牧习惯线差距很大，因此不断上访，双方多次发生纠纷。1983年6月，国务院出面协调，并指出1960年的"成都协议"中对齐哈玛与阿坝州草场划分界线的不合理性，但可以在不否定"成都协议"的基础上加以解决，同意甘、川两省各划出25万亩草场给齐哈玛乡，并于1984年完成定点、认线、立桩工作，彻底解决了齐哈玛和四川阿坝的草场纠纷。四川从阿坝州的姜琼麦、多钦、希洛等处割出25万亩给甘肃，而甘肃解决的最后结果就是将采日玛乡所在25万亩草场划给了齐哈玛乡。

四川若尔盖县和甘肃玛曲县均在黄河第一弯温柔的臂膀里，然而看起来平静的生活却包裹着如此激烈的不和谐，我又一次想起生存。无论过去，还是将来，在生存这个巨大的压力下，除了产生各种高贵和敬仰，似乎只剩战争了。

到达采日玛恰好是正午时分，我们没有在乡政府停留，直接去了塔哇村委会，因为那边的人已经等了很久。到了塔哇村之后，索南他们开始谈论着工作，谈论着草原沙化的治理情况。我看着天边不断涌起的乌云，开始发愁，因为我的下一站是采日玛对面的唐克。采日玛和唐克虽说只有10余公里远，但草原上的行程往往不随实际距离来确定。

我决定提前离开，因为一旦下雨，要困好些日子。他们知道我迟早要去唐克，所以没有执意挽留。塔哇村委会书记给渡口处打了电话，然后让一个叫栋才的中年人用摩托车送我去黄河岸边。

从塔哇村出发，行走不到5公里就找不见路了，眼前全是一摊一摊的水草地，摩托车渐渐缓了下来。阴云越来越重，迎面扑来的风中已经有了雨星。

栋才对我说："这样下去，你就到不了唐克，到时候想返回都是问题。"怎么办？茫茫草原上，如果遇到大雨，那只好坐以待毙了。我在心里也不住叫苦。

栋才的技术很好，他突然掉转摩托，从散开的一处铁丝围栏里飞驰过去。草地上到处都是由于冻土而形成的凹坑，我险些从摩托车上倒栽下来。

栋才大声说："抓紧，掉下去就完蛋了。"我紧紧抓住他的衣服，贴在他背上，心里一片空白。

草原上的雷声似乎没有城市里那么响亮，反而很沉闷，很厚重。闪电在头顶叫嚣，一望无际的草原上，摩托车的吼叫分外刺耳。我知道栋才突然选择穿草原而过，是因为怕遇到大雨而耽误渡船。我还知道，草原承包到户以后，是不允许他人随意践踏的。栋才大概是考虑到时间的紧迫，所以才

草原承包到户以后，是不允许他人随意践踏的

做出十分为难且不得已的下策来。

　　依旧没有在预定的时间内赶到渡口，大雨就泼了下来。摩托车不敢停，我们在草地上醉鬼一样东倒西歪，滑倒，再扶起来，继续踽踽前行。我紧紧贴在他背上，感觉不到冷，唯有担心。

　　还好，赶到渡口的时候雨小了好多。遥远的天边似有一道光亮，而这恰好让周边的草原立刻陷入无边的铅灰色里。

　　渡口处开船的是采日玛乡的一个年轻人，我们出发之前，塔哇村委会书记已经打了电话，他在大雨中焦急地等候着我们。

从摩托车上下来，周身仿佛失去了知觉。刚走到岸边，只是感觉脚下一滑，半个身子已经掉到河里了。幸好栋才眼疾手快，一把将我拎了起来。

原来岸边的流沙早已吸饱了水分，变得十分疏松。如果没有栋才，我大概早不在这个尘世了。没有了害怕，突然之间，心里有种说不出的淡定。此行不死大概是因为上天的眷顾，因为我的肩上还有不曾卸掉的重担，因为我的人生还在路上，也因为我并没有完成前生与今世的约定。

柴油机的声音在刚刚涨了不少雨水的河流中显得极其微弱。到了对面，我踏上河岸，迈开步子朝唐克的方向走去。当我回头看了下浑浊的河面和苍茫的草原时，却在无法说出的感动和莫名的怅然里泪流满面。

5

远远地，我看见了唐克小镇，不大的背包，此时在肩上感觉像是一副沉重的铠甲。整整走了一个多小时，快到唐克的时候才在路边遇到了一辆去小镇子的车。搭上车，穿过白河大桥，天已经黑了。

快到国庆长假了，唐克小镇提前接纳了许多旅客。师傅说："我家就在镇子上，实在找不到住的地方就住我家吧。"他说着便给我递过一张名片来，我知道了他的名字——格登扎西。

唐克同样没有躲避过刚才的大雨，街面上到处有积水。格登扎西带着我挨个打问住处，好不容易找到一家小旅馆，他送我到房间后，就回去了。

不知是什么时辰，我睁开眼睛，看见了刺目的灯光。晾在衣架上的衣服依旧湿漉漉的，外面风声一阵比一阵紧。幸好临行前在包里装了一袋牛肉干，我撕开袋子，一边慢慢嚼着，一边回想着。人不能没有理想，有了理想，为何还会生出那么多痛苦？其实当我们静下心来，想想短暂的一生里，带给自己多少精神的愉悦，或者给予了亲人多少责任的时候，或许就不会产生那么多没必要的懊悔了。可惜我们活在红尘中，无法做到尽善尽美。

这家小旅馆恰好临街，此时风已停，外面没有一点声响。我下了床，慢慢拉开窗户。天晴了。一弯月亮挂在高原的中天，它的四周是略带微红的流云，流云的四周是几颗明亮的星星。天空幽蓝无比，十分深邃，遥不可及。

唐克和川西的任何一个小乡镇一样，有着现代文明的气息和商业城市的繁华。大大小小的车辆拥挤在小镇上，花花绿绿的手工披肩挂在阳光下，各种各样的牦牛肉干替代了常见的充饥食品，红景天、贝母等满街都是，珊瑚、松石、蜜蜡也是随处可见。旅游大兴的今天，唐克毅然决然地走出了新的一步，是喜？是忧？

沿着小镇转了一圈，回到小旅馆，我给格登扎西打了电话。他说他在若尔盖，下午过来，之后带我去首曲第一弯看日落。

欣赏第一弯最佳的地方是索克藏寺后面小山的山顶上，海拔接近4000米。我和格登扎西赶到索克藏寺时，距离落日还有段时间。我去了寺院，格登扎西开车回小镇了。

索克藏寺依山而建，宏伟壮观，寺院的经堂、僧房、转经的长廊都分散在各处，使整个建筑显得错落有致，看上去更像是一个聚居的村庄。走在寺院四周，旁边的小屋里时不时会传出朗朗的诵经声，阿克们见到陌生人都会主动微笑，极为友好。

为便于游人观景，地方政府依山修建了一条实木的长梯。在山顶远眺黄河，黄河完全失去了昔日的磅礴，没有浊浪滔天的气势，也听不到惊涛拍岸的巨响，更看不到高出地表的堤岸，它始终情意绵绵弯曲迂回于草地深处，犹如一道道飘带平铺于大地之上。

夕阳一点点变红，并且朝山边落下，整个天地被笼罩在一片金黄中。时值深秋，岸边碧草早已枯败，它和落日融为

落日下的九曲黄河

一体，顿时令人心生无限孤寂。

看日落在唐克，看日出，自然要在采日玛。采日玛和唐克隔河相望，采日玛日出当然也是黄河首曲最迷人的景观了。

黄河在这里拐了个弯，两地均在黄河的拐弯处，奇怪的是多年来，玛曲和若尔盖为打造天下黄河第一弯之景观而你争我夺。实际上，无论从哪边看，看到的景观大致一样。景观非一人所有，只可惜大家都为金钱所迷惑，非要争出你我来。"天地之间，物各有主，苟非吾之所有，虽一毫而莫取。惟江上之清风，与山间之明月，耳得之而为声，目遇之而成色，取之无禁，用之不竭，是造物者之无尽藏也，而吾与子之所共适。"没有了古人的这般心境，一心想着将自然占为己有，这又是何等的胸襟呢！

6

格登扎西给我来电话的时候天刚亮。我不好意思拒绝他的盛情，因为刚来唐克的时候已经说了我要去郎木寺的。打完电话不久，我就听到他在小旅馆的院子下面按喇叭。

收拾好东西，在小镇上吃过早饭，就出发了。

没有经过若尔盖县和花湖，但沿途同样是壮美辽阔的草原。

因为黑河牧场，我选择了这条路，但走到半途有点后悔，路难走不说，最主要的是黑河牧场和我想象的不一样。黑河牧场植被破坏非常严重，草地上全是无数隆起的土堆。牧民浑身上下裹得严严实实，看到有游客，立即策马飞奔而来，要求骑马照相。我叹息了一声，不知道说什么好。

格登扎西见我沉默着，便说："都这样，放牧的不好好放牧，都想着不劳动就能富裕。靠骑马能挣多少？草原都成这个样子了，迟早有一天，会失去家园的。"

路越来越难走了，草地与石头中间往往隐藏着湿地和大坑。我真的有点怕，因为车子的倾斜，因为额头撞到挡风玻璃上的危险。

格登扎西说："不要怕，昨晚我点了灯，磕了头，念了经的。"

我问他："每次出远门都这样吗？"

他笑了笑，说："日（藏语，相当于就是）。因为你心里有了挂念，就应该念个经，佛就会保佑。"

佛在哪儿呢？如果我们内心始终持有慈悲，持有善念，那么佛就时刻在我们身边。我这么想，但没有说。因为我知道，信仰就是信任和尊敬，更是一个人内心的行为准则，它不允许你仅仅挂在口头而随意亵渎。

距离郎木寺应该不远了，我们从土路终于跑上了柏油公路。

天气的变化很突然，湛蓝如洗的天空瞬间就阴沉下来。格登扎西眼睛不眨一下，认真注视着前方。迷迷糊糊中，我听见格登扎西一直在说话，但我已经记不起他说了些什么。

日出曼日玛

1

在党和政府的指引和各位员工的不懈努力下，乔克民族用品加工有限公司决定，于2016年1月开始在曼日玛乡（注：2017年，撤销曼日玛乡，设立曼日玛镇。）开办一期民族用品加工免费培训班。

培训班将对如下技术做专业指导培训：

裁缝：从简单的缝补开始，到最基础的手缝、机缝，顺便讲解缝纫机、锁边机的操作及简单维修。

切割玻璃：以实践为主，主要培训切割、磨边、洗涤、干燥等技术。

电焊：以焊接门窗为主，适当培训简单家具的焊接技术。

英语：从字母开始，慢慢学习日常用语。

望各位牧民群众积极参加，以一技之长来改变自己的生活现状。

这是我初到曼日玛，在乡政府墙壁上看到的一则消息。消息的文字虽然写得一般，但将事情说得明明白白。裁缝，电焊，切割玻璃，都是具体的，在草原上也是十分适用的，然而英语呢？我心里咯噔了一下。

曼日玛乡背靠群山，眼前是一望无际的草原。正午的阳光十分热烈，大片大片的太阳能发电组袒露在草原上，它们正在竭尽全力吸收着高原赐予的能量，等待着黑夜到来，或狂风夹着雪粒的时候，带给这里的人民以无尽的光明和温暖。

我一边向乡政府走去，一边不住想着早已刻在脑海里的那些数字：曼日玛距县城50多公里，最高山峰塔玛尔4000余米，东南黄河沿岸周边最低，3500余米。全乡总面积167万余亩，其中可利用草场约159万余亩，沙化面积约5万余亩，沼泽约2万余亩，总人口7662人……

大致算一算，人均占有草场面积200多亩，这对于纯粹的牧区来说并不是富足的。但生活在这片草原上的人们依然从远古时代走到了今天，并不是环境给了大家丰足的恩赐，恰恰相反，草原的沙化面积不断扩大，加之人口不断增长，大家面临着的不是得到，而是失去。历史上的乔科大草原已经不能和现在相提并论，那是多么辉煌的湿地草原。可是现在呢？除了干枯的草地，除了一摊又一摊乌黑的腐殖土，除了一堆又一堆的鼹鼠送到地面上的沙土，我们已经看不到乔科湿地昔日的盛大景象了。这一切肯定是和当下的全球环境变

宁静的曼日玛

化有关，自然也离不开人的介入。此时此刻，留给我们的已经不是惋惜和批判就能解决问题的事实了。

2

走进乡政府大院，看见早有人在那儿等待。我事前曾嘱咐过朋友，此次前来一定要悄无声息，而实事并不如愿。朋友之前在曼日玛驻扎了整整8年，原想拉他一起来，但他一时无法脱身，于是就找个熟悉的司机送我到曼日玛。不用说，院子里等待我的那个人自然是朋友委托的。刚见面，他就很热情地拉住我的手，嘘寒问暖。其实，朋友考虑得很周到，一个人深入陌生的地方是很不安全的，何况他知道，我的只会只言片语的藏话无法完成所要完成的一切。

乡政府的房间全是太阳房，很豁亮。外面有寒风，但房间有炉子，炉子里的牛粪正燃着熊熊大火，很暖和。我放下包，多少有点拘谨。他很苍老，双鬓间白发斑驳，找杯子，找茶叶，倒水，一切都显得极为缓慢。高原上水的沸点很低，尽管如此，那些茶叶还是在透亮的杯子里伸了伸懒腰，渐渐舒展开来。我将杯子往跟前挪了挪，客气地说了声"咯真切"（藏语：谢谢）。

"老陈中午就打电话，说有老朋友要过来，我一直等着。

既然来了，就在这里住着吧，很方便，想去哪儿，我带你。想找什么，我帮你。"他的语速和行动一样缓慢，但很认真。和他一句一句慢慢地聊着，彼此也渐渐熟识了。他叫周嘉，是曼日玛乡的副书记。从黄河、乔科湿地到太阳能发电，从精准扶贫到草原沙化治理，我和周嘉聊得很轻松，也很投机。

"眼下急需解决的是草场沙化问题，因为草场的沙化直接威胁草原的再生和牧民的生活。"周嘉对草原沙化问题的严重性一语中的。

我从一份《黄河河源区考察报告》中得知，黄河源源头区的植被以亚高山草甸为主，靠近黄河岸边的植被因河水长期侵蚀，植被下面的流沙层基本被掏空了，已经形成了大面积塌陷沙滩。天然草场有相当部分已经变得非常稀疏，鼠洞遍地皆是，草场出现干旱和退化问题确实严重，牧民牲畜不如20世纪七八十年代的十分之一。从整个河源地区现状来看，生态恶化的警钟已经敲响很久了。

20多年前，玛曲草原开始出现沙化。目前全县沙化草场面积达80多万亩，曼日玛草原上的沙化区域由零星斑点、半沙漠向集中连片全沙化和流动沙丘演变。有些地方已经出现了几十处大型沙化点，沙丘高达10余米。美丽的草原上，草原和沙丘相伴的景象随处可见。

周嘉说："很早以前，玛曲沙尘暴没有现在这么多，也没有现在的周期长。过度放牧的原因有，但不是主要的。20世纪80年代以来，玛曲县的降水量逐年下降，天气转旱，夏天缺雨，冬天少雪，加上每年大风吹刮，沙化的草原像传染一样，面积越来越大。"他一边说，一边不住地发出啧啧的感叹。

"禁牧，防止人为因素加剧草原生态恶化，这是必须的。但是，草场承包之后的问题也很多。"周嘉若有所思，但还是说出了自己的想法。

牧区的主要经济来源是畜牧业，禁牧不就是导致地区经济落后的主要原因吗？

人畜急剧增加，超过了土地的承载能力。以前玛曲人烟稀少，生态环境受人类活动影响很小。人口和牲畜的快速扩张，必然导致超载放牧、生态环境恶化，这和目前的政策形成矛盾，一定程度上给治理草原沙化工作带来了极大的困难。随着草原沙化现象的加剧，曼日玛可利用草场的面积正逐步减少。当然，不仅仅是超载放牧的问题。玛曲草原可是天然宝库，虫草、贝母、秦艽、红参等高贵药材到处都是，金矿已经开采了好多年，听说石油和天然气的储量也很大，采矿挖药已经使植被遭到了很大程度的破坏。地方政府已经下了文件，明文规定禁止挖药，但无法彻底禁止金钱对人心的引诱，有些牧民依然偷偷带人到自家承包的草场，私挖虫草。

周嘉停顿了片刻，然后又笑着说："小的贫困还是可以克服的，而大的贫穷则不可忽视。我们必须带动和鼓励群众，采取多种措施防沙治沙，在一些沙化严重地区栽种防风林，这些措施只能缓解，从根本上治理，就不会是这么简单了。"

周嘉说到这里，没有了丝毫收敛的意思，实际上这些也是客观存在的困难。关于草原的管理问题，他从遥远年代一直说到现在。

中华人民共和国成立前，玛曲各部落在漫长的历史发展过程和游牧实践中，逐渐形成了一套严格完整的草山管理和支配办法。20世纪70年代末，草场由社队集体管理使用逐渐实行牧户直接承包经营使用，管理形式发生了根本的变化。草场公有，承包到户，自主经营，长期不变……

我对玛曲草场管理的认识只停留在地方志上的记载，周嘉出生在牧区，他所说的除了志书上的记载，还有自己的经历。草场承包到每个牧户之后，人畜扩张，超载放牧与生态恶化之间的矛盾愈加明显。早在20世纪50年代末到60年代初"开光平滩，牛羊上山"的口号下，冬季牧场已经遭到了严重的破坏。后来政府极力挽救，建立人工草场，用铁丝网大规模进行围建，但由于地方群众对草场围栏的重要性认识不足，草场围栏常常头年围起，第二年就被群众推倒卷起，扔入黄河，草原沙化问题从根本上没有得以恢复。这就是观念问题，观念问题引发管理问题的困难。现在的问题是，困难摆在眼前，但我们不知道应该怎么去做。

"曼日玛是玛曲草原湿地核心区域，不能让草原沙化面积逐年扩大，那样下去，我们的后辈就会失去家园的。"周嘉说到这里，显得十分沉重。他说，"治理中的草场必须禁牧三年，部分群众不能接受，工作非常难做，但不可停滞。我小时候，牧草都是齐腰高，牛犊钻进去都找不见，现在呢？以前能养200头牛的草场，现在只能勉强养活100头牛，如果再不禁牧，牧民会越来越穷，防不住这里就荒无人烟了。"

"工作难做，但效果还是有的。"周嘉喝了一口水，继续跟我说。

"多方劝说和开导下，一部分人已经签了禁牧协议。也有人租用别人的草场，开始在沙化的草场上播种了草籽。禁牧过程中，乡政府给每户村民都有生态补偿，但是，这对于租用草原、大规模迁徙草场而言，还是微不足道的。不管怎么说，牧民们保护草原的信心有了。有了信心，估计解决更大的困难就不是太复杂的。"

我突然想起贴在墙壁上的那则消息来，于是便问周嘉。

周嘉说："也是为大家着想。曼日玛乡党委为解决全乡各牧村没有村级经济实体、无钱办事的困境，经乡党委会议研究，决定组建乔克民族用品加工厂。乡党委无偿为加工厂征地680平方米，并筹资20万元，于2013年10月，在原耀达尔村委会旧址上建成了总面积460平方米的乔克民族用品加工厂。加工厂负责人由强茂村索南木担任，民族服饰、帐篷等产品的设计、销售和员工技术培训，都由他负责。索南木家族世世代代是乔科草原上有名的裁缝高手，他本人的手艺也在周边很有名气。经他设计缝制的衣服、帐篷，不但外表漂亮，而且耐用。素日找他做衣服，做帐篷的人来来往往。同时，他也很想通过自己的双手，带动全乡的困难群众。加工厂每年负责全乡农牧民实用技术的培训，每年将产品销售额的百分之五十划拨给乡党委，再由乡党委投资各村新建经济实体，继续扩大规模，深入到大家熟悉的酥油、曲拉等土特产的加工上，甚至摩托车修理。加工厂以带头致富为目的，一面可以不断改善牧民生活质量，一面使他们的观念在全新的致富行动中有所转变。"

还有什么比转变观念更重要的呢！我想，大家迟早会转变观念的，因为眼下的那么多具体实在的困难已经在压迫着大家。

玛曲县有1280多万亩的天然优质草原，是黄河上游重要的水源补充区。实际上天然的牧场何尝不是最原始的风景旅游区？一旦将草原再度开发成旅游区，不到几年，估计这里的沙化更为严重。那则消息里培训英语的项目做何解释？我无法想象下去，因为在这种境况下倾注全力，想方设法已经很不容易了。转变观念自然要读书，想问题的时候，既要想到阴暗的一面，又要想到光明的一面。在这个问题上，我宁愿抛弃阴暗面，永久停留在光明面。那个在培训消息里加入英语培训的人，如果他的想法布满了光明，那么，他一定是个伟大的人，就算过程中出现差错，也无可厚非。

3

曼日玛的夜晚和白天恰好相反，绝不同于齐哈玛与采日玛。也或许是我来的季节大大不同，曼日玛的夜晚相当寒冷。周嘉和我聊到深夜，可他执意要去冰冷的办公室休息，让我留在温暖的房间。他走后，我丝毫没有睡意。一床很厚的被子，上面再加一件皮袄，翻身则需要很大的力气。炉火早已熄灭了，我醒来时才感觉露在被子外面的手臂冻得发麻。从被窝里爬起来，吃力地穿上皮袄，去院子里撒了一泡尿。天空十分透亮，东边隐隐约约泛出一缕青白色——快要亮了。夏休寺院在对面山窝的拐角处，诵经的声音自然无法听到。狗的叫声偶尔传来，估计来自遥远的牧场。来到房间，我裹着皮袄，坐在床上，望着挂在对面墙上的地图和各种表册。

地图上的曼日玛并不大，在整个地图和巨大的"几"字形黄河流域上只是一个小点。然而就是这个点，让我看到了无法想象的无边无际的图景来——湖泊、水草、沼泽地、牛羊和群山，它们紧紧连在一起。牧人骑着马，骁勇无比；奶钩、银镯、奶桶，它们相互碰撞的声音清脆悦耳；狼在山谷深处长啸，牦牛在反刍声中进入梦乡；青草顶着露珠，龙胆花张大嘴巴；苍鹰于长空里翱翔，飞鸟在水草间驻足……

失去家园的人，他的内心往往会对往日的生活有着沉痛的怀念。也只有失去家园的人，才会对昔日的家园有无尽的怀念。而此时，我坐在曼日玛，尽管十分寒冷，但我的内心翻涌出来的是温暖，是诗意无法抵达的那种亲切和真实。我无法猜测，也不愿去构想久远年代里的玛曲草原。我知道，我只是草原上的一个游子，或是过客，我的千思万想也不过是充满了诗情画意的幻觉，这一切都无法给周嘉他们的实际工作带来可行的指导。但是，我又不得不想，因为我的家园就在这里，我的心灵深处同样不愿意让沉痛的怀念和回忆所占据。

天慢慢亮开了，晨光顷刻间铺满了大地，整个曼日玛也在我的眼前渐渐清晰起来。一排排错落有致的房屋，灰白相间，红白相杂。这样的景象在祖国的大地上随处可见，而在此时，我却被一种空前的宁静和祥和打动。宁静和祥和来之不易，我一直在追求这种状态，但始终无法完成。我知道，许多事情并不按自己的想象去发展。做什么，怎么做，只在一念之间。但我还有另一种想法，那就是当你满怀善念，世界一定会回报于你宁静和祥和。是这样吗？我的内心为何还有股莫名的骚动与感伤？这种莫名的骚动与感伤的涌动，是否就证明了我的本性？这一切源自何处？金钱？权利？欲望？还是失去家园前的恐惧？

4

周嘉早早就过来了，他来之后的第一句话就是昨晚冻坏了吧？我不敢说冻，也没有勇气说冻。

"冬天的曼日玛的确很冷，尤其是晚上，中午就成夏天了。"周嘉一边掏炉灰，一边说。

曼日玛的饭馆都很小，有本地人开的，也有外地人经营的，大致相同——只有羊肉面片。我和周嘉吃完早饭，就去了乔克民族用品加工有限公司。所谓公司，实际上就是一座长满荒草的院子——原耀达尔村委会旧址。加工厂负责人索南木站在院子里，笑盈盈地等着我们。院子是典型的农区建筑，上房五间，左右各带三间厢房。五间上房专门用来裁剪服装，房屋里没有摆放其他东西，只有几台缝纫机，墙壁上挂满了刚做出不久的衣服，及来自不同牧村牧民写给加工厂帮他们脱贫致富的感谢信。左面三间是教室，里面有桌椅，

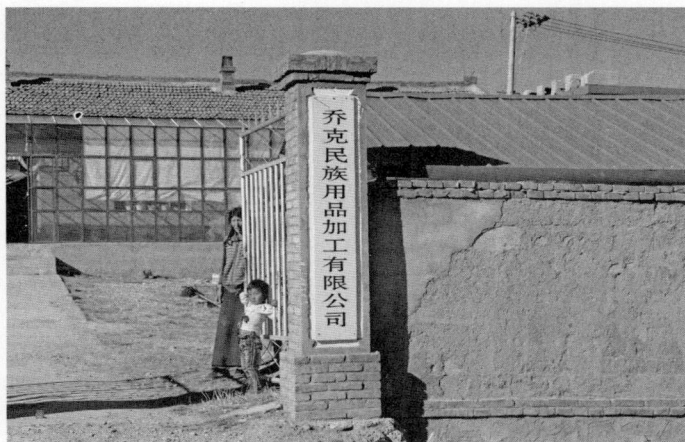
乔克民族用品加工厂

有黑板，也悬挂着带头致富之类的标语。右边三间多为杂物，有整张的玻璃，也有破碎的玻璃。索南木看起来威武高大，脸蛋黝黑，一说起话来，便显得和蔼可亲。至于怎么想起要办民族用品加工厂，他却没有多言，只是笑着说了一句："世世代代都是乔科草原上有名的裁缝，这个钱不想让外地加工厂挣。"

　　我，周嘉，索南木，我们一直坐在上房的玻璃暖廊下聊天，谁也没有留意太阳的转动。索南木说起民族用品加工厂，真是眉飞色舞。

"办加工厂不是仅仅为挣很多钱，我们的草原越来越少了，而看不见的困难却越来越多。知识一定要学，有了知识，就可以解决很多困难。在困难面前，几辈子人从来没有低过头，但在知识面前吃亏不少。要从娃娃们抓起，再不能这样固执下去。现在学校里有大学生，他们的知识很丰富，我打算请他们过来，抽空也给我们多教点儿知识。"

索南木是地地道道的牧民，但是他的想法令人肃然起敬。我也由此想到那则消息上有关英语的培训，但我的确不明白，在各项培训中，加上英语的用途。我想，或许是受到外界信息的蛊惑，总以为学好英语就能"飞扬跋扈"。多学一门可以交流的语言固然是好，但我觉得任何事情都要讲求实事求是的原则。也或许我的想法只是眼前，而索南木想到了更为遥远的未来。总之，索南木的想法里绝对包含着他深远的宏大的愿望。他一心要为草原上的牧民做点实事，何必妄加猜测他的诚心。何况周嘉说过，他给学校捐了许多书，给学生买了许多学习用具。

"萨麻萨格学（藏语：吃饭了）。"我还沉思在所有想象当中，却突然被一声稚嫩的声音所打断。门外是一个不满10岁的孩子，他脸蛋上挂着圆圆的两坨红晕。索南木笑着说："是我的外孙子道吉本，调皮得很。"小孩子跑进来，躲在索南木身边，不再说话，只是偷偷看着我们。

离开了索南木的加工厂，原打算回到周嘉的房间，可索南木执意不让，说饭都做好了。我知道，在草原上，你认准一个人，心中当他是你朋友的时候，就不能带丝毫虚情假意。

索南木家和乡上其他人家一样，房子都是用空心砖修建的，只是屋瓦上多加了一层红色的彩钢顶子，有玻璃暖廊，屋内收拾得较为整齐。桌子上已经摆好了招待尊贵客人的奶茶、酥油、糌粑、羊肉和蕨麻米饭。

索南木的父亲还健在，他见我们进来，便弓着腰身，一边打招呼，一边劝吃。

说实话，祖上原本也在草原生活，但那都是遥远的记忆中的事。牧场不见了，草原变成了青稞地，会说藏话的也是寥寥无几。变成农区之后，饮食习惯也逐渐发生了改变。而此时，我身处草原，面对主人的热情款待，哪有挑剔的理由？

摆在桌子上的食物当然多是我见过、吃过的，但有一样是我没见过的。我问周嘉，他笑了笑，说："尝尝吧，吃一块，保证一天不饿。"

索南木父亲叫贡保嘉，已经80多岁了，是乔科草原上有名的裁缝。他跟我说："这种东西现在很少做了，不是麻烦，而是年轻人吃惯了城市里的香东西，嘴变馋了。"

我掐了一点，尝了下，有点甜，有点酸，有点腻，有点不好吃。贡保嘉老人大概从我的表情看出了眉目，他笑着说：

"你的样子让我想起了几十年前那个画画的年轻人。那时候我和你一样年轻，有一天，草原上来了一个画画的，也是大冬天，大雪下了好几天，他来到我帐篷的时候冻得话都不会说。住了几日，才缓了过来，我算是救了他的命。后来，我就一直陪他在各个帐篷奔走。在更登甲的帐篷里，他也吃过这个。起初，他闻了闻，没有动。我说，这是主人招待你的，你尝尝。他吃了一点，就不愿吃了。我说，你既然动了口就要把它吃完，吃不完就是看不起人家。到人家家里来了，还看不起人家，就会有麻烦。"贡保嘉老人说到这里，忍不住笑了笑，然后又接着说，"我看他脸色不好，也就想着让他多吃点，于是就欺骗了他。他吃了只火柴盒大小的一块，就皱着眉毛。其实，这东西很好，比城市里买的那些好多了。搬牧场，出远门，装在褡裢里，一年半载都不会有问题。"

周嘉这时候才不失时机地对我说："这是'信'，相当于点心，是由酥油、曲拉、糌粑加奶皮揉在一起做成的，很有营养，但食重，不易消化，吃点就感觉不到饿。早年牧区很难买到糖，现在的信里都加了白糖，好吃多了。"

贡保嘉老人越说越有趣，他说他忘不了那个画画的。"那时候草原上的雪比现在多，天气也比现在冷。那个画画的只要走出帐篷就喊冻，我让他从牧民那里买件皮袄，他说钱不够。但他的办法很多，害得我陪着走了上百里路。他用身上不多的钱从供销社买了那么长的一卷黑布，又买了针线。他把黑布来回折起来，用针线钉好，并在中间剪了个洞，然后从头上套下去。黑布很长，一直到腿弯处，我担心他不会走路，毕竟不是牧区的人，没有穿过皮袄。但他办法真多，他把黑布从两腿间再剪开，又用麻绳一圈一圈绑了个结实。啊喷喷，那聪明的东西。"贡保嘉老人说到这儿又忍不住笑了起来。我的眼前也似乎跳出那么一个形象来，加勒比海盗？蝙蝠侠？还是披着黑色斗篷的厉鬼？

"后来他走了，再也没有到草原来过。"贡保嘉老人喝了口水，叹了一声，说，"现在的草原也不能和几十年前相比了。"

贡保嘉老人说起几十年前的这一带草原，满是皱褶的脸上立刻挂满了骄傲的笑容。

"没有现在大家用的冰箱，那么肉怎样存放呢？高原上或许缺的很多，但唯独不缺雪。雪一来，我们既高兴又担忧。揭开一块草皮，用铁铲挖下一米多深的大坑。"贡保嘉老人一边说，一边用手指比画着，"大坑挖好以后，就在坑底铺上一层厚厚的雪，踏瓷实，然后把肉一层层摞在雪上。等肉摞到距离坑口不远的时候，再在肉上铺一层和底部同样厚的雪，最后在雪上堆一堆牛粪。等到来年四五月，土地有所松动，草原逐渐热闹的时候再慢慢取出来。四五月的牛羊恰好处于青黄不接的艰难时刻，是不能宰肉的，存在坑里的肉就用来填补这段时日的困苦。冰箱里存放的肉一过30天，就没有肉的味道了，这和藏在地坑里的肉无法相比。"

贡保嘉老人所说的这一切，我在影视剧里都没有见过。草原上的牧民有史以来就有他们自己的生存方式，但这样的存肉方法又似乎超越了当下人的聪明才智。至于干肉的存放，也不像现在工厂的那种工业化的加工，而是在牛粪房里阴干。牛粪房里阴干的肉有种说不出道不明的香味，青草味和肉味混合一起，吃出了原始的劲道，这种原始的劲道和着先天的精力，使生命在高原上发挥着惊人的耐力和韧性。

贡保嘉老人说到兴头，根本没有停下来的意思。他继续给我们讲述这一带草原上的故事。

"雪带给草原人民惊喜，但更可怕的是大雪封山。"

贡保嘉提到雪的可怕，他的脸色立马阴沉下来。

"三四月是玛曲雪最多的时候，一下就是好几天。"

老人开始诉说那段在他人生历程中有着无法忘却的伤痛的记忆。

"雪整整下了七天，草原变成了地狱，一直到第九天才见太阳。花花白白的太阳没有一丝活气，风很大，山头都似乎在移动。"

贡保嘉老人的讲述中，那样的场景时刻出现在我的眼前。大雪淹没膝盖，几千里茫茫一片。风就是饿极了的魔鬼，带着刀子，在广袤无垠的草原上逡巡，找不到可以宰割的对象，它只好将遥远的山峰上的积雪疯狂搬运。

"雪在牛的肚子下，羊在雪的肚子里。十几天过后，羊群渐渐露出来了。成千上万的羊在草原上像士兵一样，一动不动，都被冻僵了。"

贡保嘉说着就流下了泪水，他沧桑的脸庞上布满了惊悸和愤怒。

那是怎样惨烈的景象！我无法想象。从起初的飘雪到大雪封山，那些生命承受了怎样的考验？当它们耗尽体温，抵抗到最后一刻，那种源自求生的本能里夹带了多少绝望？

老人继续说："羊全部冻死在草原上，狼也快疯了，它们拖着疲惫无力的步子，摇摇晃晃在冻僵的羊群中走过一圈之后，连尾巴拍打僵硬的羊腿的力气都没有。半月之后，草原焕发出前所未有的活力。雪水滋养的草原在夏日来临之际充满了温润，青草出芽的声音都能听见。一个夏天，草比人还高。那样的年景毕竟不多见，虽然遭受了空前的灾难，但在以后的几年时间里，水草很好，牛羊发展也很快……"

眼前是一望无际的乔科草原，草原衰败得已经不成样子了。贡保嘉老人所说的那样的年景还会出现吗？"风吹草低见牛羊"，这已经成了古诗文留给大家的念想了。实际情况是，风吹牛羊见草地。他说的几千里沼泽地如今也变成了一摊一摊的乌黑的沙土地了。除了气候的演变，那么还有什么促使这一切在不断地丧失？和那些羊群一样，当我们有一天一步步走向死亡的时候，眼中也是否饱含绝望？与生俱来，人求生的欲望是十分强烈的。"贪生怕死之徒，不足以论大事。"古人说教，然而我却在想，死了何以论大事？何况贪生怕死不就是说欲望吗？贪的就是生的欲望。那怕什么呢？每个人面对要发生却无法掌控或无法预测的事，都会感到害怕。根本上说，怕的不是死，而是活着的路途中将会发生的那些自己不能掌控或无法预料的事。看着眼下的草原，看着不断缩小的黄河，想必没有一个生命不"贪生怕死"。

5

从索南木家出来的时候，天已经黑了。我和周嘉都没有说话，各自回到睡觉的地方。这一夜我的睡眠似乎很充足，睁开眼睛的时候，阳光已经从山头上扑下来了。不远处就是学校，孩子们读书的声音也传了过来。政府门前是个小广场，广场上有健身器材，有篮球架。等我穿好衣服，精神百倍地站到门外的时候，已经有几个小阿克抱着篮球，玩得疯狂。

阳光正好，天空湛蓝。

我从一个山头奔到另一个山头，又从另一个山头回到原

广场旁边的小卖铺

地。一望无际的草原在冬日阳光的照耀下，显得羸弱而憔悴。没有雪的冬天毕竟有点干燥，曼日玛的冬天相比早些年，的确热了不少，但这样的变化，到底预示着什么？当第二天的太阳从东方冉冉升起，温暖铺满整个世界，铺满青藏高原的时候，大家是否对雪有着别样的渴求？

在曼日玛住了几日，我一直想着周嘉的那项复杂而困难的工作，也想着贡保嘉老人叙述的已经远逝了的草原。日出曼日玛，那巨大的火球露出灿烂的脸庞，草原千里平铺，只是可惜，我要离开了。我遗憾的是在曼日玛没有看到雪，没有看到大雪封锁之下的草原的盛大景象。

黄河源笔记

人生是只能出发一次的旅程，

我们其实一直在路上。

如果只能携带两件行李，

我愿是无畏与无执。

如果只能有一个牵挂，

那一定是，众生。

——加措《一切都是最好的安排》

1

今日芒种。早早起来走出家门来到车站时，才知道去玛曲的所有班车都提前被人包了。第七世贡唐仓活佛经师、拉卜楞寺高僧久美华丹加措大师定于2016年6月7日至10日，在玛曲欧拉乡曲河坚赞滩举行"时轮金刚灌顶大法会"，这个消息我知道得早，但没有想到的是，去玛曲的班车如此紧张。

已经约好了朋友，而自己的实际情况也绝不允许再妥协下去。我在路口苦苦等了两个多小时的车，唯独没有去玛曲的。也问过几辆出租车，他们都不去。理由是，返回时带不上人，除非我掏双倍价钱。

双倍就双倍，都怨自己所选时日不对。或者，所有的好事情都堆在一块儿了。当我商量好价钱，拉开车门将要动身时，对面马路边有辆车朝我使劲打喇叭。

他是去尕海的，说可以带我一程。可尕海距离玛曲还有好长一段路。那位师傅见我为难，想了一下，说："送你去玛曲也可以，怕要耽搁你的时间。"

我连忙说："赶天黑送到就行。"

师傅说："那就没问题。"

于是我便乘上他的车，慢慢离开了当周街。

刚坐稳，师傅又说："这几天去玛曲的人多，而从玛曲返回的人少，所以大家都不愿意出车。我送堂弟到尕海牧场去，你也算是半个顺路。"

我问他："你堂弟在哪儿呢？"

"就在前面路口等着。"说完之后，他停了几秒，然后笑着说，"到尕海，收你班车的票价。去玛曲算你包车，给一百五十块，可以吧？"

我连声答应着他。

师傅的堂弟是个阿克，他就在当周街路口等着我们。阿克40刚出头，看上去很精神，他一上车，就问我："你也去尕海？"

"玛曲。"我说。

"去欧拉听经？应该去听听。"他说着向我靠近了一点。

我说："不是，我要去黄河源。"

"去黄河源干吗？"他用奇怪的眼神看着我，似乎有所警惕。

"看看朋友，看看他的牧场。"我随口回答他。

他放松下来，笑着说："没啥看头，大多人都搬走了，草原破坏太厉害。"

阿克说者无心，而我却紧紧抓住了他的话题，并试探着问他："到底是什么原因呢？"

阿克说："前阵子我去过，黄河源附近空荡荡的，荒凉得很，以前却不是那样。具体原因谁都很难说清，反正复杂着呢。"说完之后，他掐着手里的佛珠，念了一会儿，叹了一声，又说："总之，不能完全归于人为破坏吧。"

我知道，草原被破坏的原因根本不能简单地归到某一个人身上，没有必要非得让一个阿克说出所以然来。于是我把话题转了过来，问阿克："香巴拉到底有没有呢？"因为我的朋友前不久在木西合开了一个叫香巴拉的旅游点，我想知道相关的情况，更想听听阿克对香巴拉的看法。

　　说起香巴拉，阿克的精神立马高涨起来。他将佛珠缠绕在手臂上，自信十足的给我说了起来。

　　"香巴拉是英国小说家詹姆斯·希尔顿借用佛教名词创造出来的。"阿克说，"那个英国人来到云南，看到保存如此完美的生态环境，便想起了佛教之中的净土——香巴拉，于是在以后的几十年时间里，香巴拉就在世界各地流行起来了。实际上，虽然他将原生态的自然环境化用佛教名词，但是他并不懂香巴拉的真正含义。后来，人们将香巴拉理解为一种享受，其实更多源于他文字的导向。佛教中的香巴拉就是极乐世界，一切平等，没有欲望和贪念，这不正是大家追求和向往的吗？如何才能到达这个极乐世界，那就看你自己的修行了。"

　　他滔滔不绝地说："我们来到这个世界，就是追求某种物质与精神的最完美最和谐的统一。人是有轮回的，有今生，也有来世，有生生世世，所以我们每个人心目中必须有所追求。佛教教义也有此说法，就是按照时轮金刚神授，灌顶得此法，便可以诞生在香巴拉净土。但这不是所有人都能得到的，主要看修行了。那里没有痛苦和压力，也没有七情六欲。而现在的香巴拉整个乱套了，香巴拉成了享受的代名词，这是不对的。"

阿克特别能说，知道的也很多，而教义上的众多说法我自然一无所知。

我笑着问阿克："您是哪个学院毕业的？"

他也笑着回答我："在拉卜楞修行，出家人，哪个学院毕业的都一样，没啥区别。"

阿克还说了许多，都是我不懂的，自然接不上话茬。他看出了我的尴尬，于是便不再说这些了。

车子很快就到了尕海，阿克指着窗外的草原对我说："我从小在这里长大，那时候这一带草原草都很茂盛，根本不用搬牧场的。"

这一带我十分熟悉，不用看便知道现在的草色已经难以掩盖花白的沙地了。

车子从公路转入草地，在草地上行驶了半个多小时，又拐进一处铁丝网围着的草场。前方已经有人等候，阿克家的牧场到了。

车子停在一处用土坯砌成的简单的房屋前，师傅下了车，打开后备厢，取出一捆葱和一袋洋芋。阿克也下了车，他执意要我下来，到屋子里坐坐。我没有推辞，跟着他们进了小屋。小屋里和外表一样简单，一个土炕，一个铁皮炉子，一个柜子。柜子是两层的，下层放着碗、杯子和其他用品，上层全供着佛像。炉子里火正旺，屋子很暖和。阿克的家人已经准备好了吃的——酥油、糌粑、水果、酸奶。他们不住劝我，说路还远，一定要吃饱。我没有客气，和他们一起吃。到牧场里来了，千万不能客气，假惺惺推来让去，那样人家就会看不起你的。

"这是冬窝子，过段时间要搬牧场。以前是不用搬的，现在必须搬，这儿的草不够牛羊吃。"阿克边吃边和我说话。

我说："冬天又要过来，来回折腾是特麻烦的。"

"是的，麻烦归麻烦，折腾还是必不可少。"他笑着说，"山前山后都在挖矿，草长得不好是理所当然的。不挖矿，富不起来。一挖矿，草长不起来，矛盾得很。"

从牧场出来，我专门留意着，这一带开矿的工程队的确越来越多了。他们打着共同富裕的口号，带走了富裕，却留下了永久的贫穷。这样的贫穷我们拿什么去补救呢？那一座又一座深陷下去的大坑就是我们走向灭亡的黑洞？想起来，让人不寒而栗。

不挖矿，富不起来。一挖矿，草长不起来。阿克说得不无道理，我们的确无法彻底阻止机器的吼叫，因为我们无法停息内心深处对富裕的渴求。社会的发展将我们逼迫到这样的境地，这大概也是我们对已经发生和将要发生的一切，所找到的最好的理由和借口了。

一路无话的师傅在车上突然跟我说起他的堂弟来。

他说："阿克每年都要来这片草原念经，祈愿，因为这里是他的家。阿克也对我们说过，似乎唯一的最管用的善念，就只剩好好赡养父母了。赡养好父母，也算是给自己的一生念了一部大经……"

师傅说到这里，我忽地想起阿克分别前告诉过我他的名字和地址。我连忙取出本子，于颠簸的车子上记下这么一行：

阿克图旦加措，拉卜楞下院 ×× 号。

2

早晨起来，昨日的碧空如洗变成了灰蒙蒙一片。吃完早点，和几个朋友开始沿黄河路方向走。这两天的黄河路车水马龙，都是去欧拉听经的。车子于停停走走中，两小时才接近欧拉乡与阿万仓乡的分岔口。原以为到了分岔口拥挤应该不存在了，然而实际情况恰恰相反，从阿万仓方向赶往欧拉的车辆更多，加上这里正在施工修路，道路更加拥挤了。

朋友说："时轮金刚灌顶大法会每28年才在玛曲举行一次，

所以，青海四川等地的群众都会赶过来。"

路过阿万仓，我们继续朝东南走，几乎是挪动着。到达甘肃与青海的交界点——久治黄河大桥的时候，已经是下午一点了。好不容易来一趟，再次来这里不知要等到何年何月，于是大家便在久治黄河大桥边留了张影。刚刚照完相，大雨就来了。在高原上行走，这样的天气是不足为奇的，也是无法防备的。在一天时间内，你有可能感受到四季的冷暖。也有可能在同一时间内，经历春夏秋冬的轮回。不过还好，过了久治黄河大桥，路况立马不一样。

有人开玩笑说："青海人就是富。"

"富又怎么样？这边的草原太烂了，青草都盖不住地皮。"也有人这么说。

我也笑着说："青海仅果洛州的草原就是甘南草原的一倍，人家才不怕。"

说说笑笑中，我们在平坦宽阔的公路上已跑了两小时，公路的尽头，便是久治县城了。

原本没有想着在久治停留，可是雨太大。

久治县城很大，也很宽阔，建筑很分散。或许是因为玛曲欧拉讲经的原因，也或许是雨大的缘故，总之，久治县城里几乎没有行人，整个县城显得寂寞、安静、荒凉。

我们找了一家临街的面馆，要了几碗炒肉面，一来想先填饱肚子，二来也是看看雨是否会小点。由于人少，面馆老板顺势坐在对面，和我们闲聊起来。

"青海果洛藏族自治州久治县是青海畜牧业生产基地之一，东南与四川阿坝毗邻，东北与甘肃玛曲接壤。古为羌地，唐隶羁縻州，后属吐蕃王朝，宋属吐蕃厮……"

很显然，这个面馆老板把地方志早就背得滚瓜烂熟了。他见我们没开口，继续说了下去。

"久治县有着久远的藏传佛教文化，现有藏传佛教寺院十几座，不仅历史悠久，而且派别众多，在国内藏区颇有影响。"

"看来也算半个行家。"我笑着对那个面馆老板说。

他也笑了笑，说："这不算啥，果洛州志大半我都知道。旅游旺季去果洛的人都要经过这里，都要在这里吃饭，人家问你，你总不能一句都说不上吧？"

我继续笑着问他："生意特不错的吧？"

他略显不好意思了，说："都是为了过好日子嘛。"

朋友接过来说："你可知道久治县的部分草原在很久很久以前都是属于甘南的吗？"

他红着脸，马上反驳："那是历史上的事情，我们管不着，现在不就属于久治的嘛。"于是大家便笑了起来。

我又问他："你知道沿路的高山牧场为什么一半黄一半绿吗？"

"这个很简单了。"他给我们添满了茶水，接着说，"草色黄的是冬牧场，是保护最好的，因为草长，新长的还没超出黄草，很绿很绿的那片就不行了。"

"是什么原因呢？"其实我知道，这个原因很难说清。但那个面馆老板还是给我说起他的理由来。

"主要是放牧过度。"他根本没有思索，张口就肯定。"这样说吧，以前100头牛羊活动的地方，现在突然增长到500头，夏季牧场的草就不够吃了。夏季牧场的草吃光以后，还没轮到冬牧场，但又不得不提前开放冬牧场。这样一来，两个牧场都没有恢复的机会，来来去去，整个牧场就完全被破坏了，甚至连保蓄牧场都不放过。"

面馆老板见我们都不说话，又说："保蓄牧场是冬牧场的一部分，平常是不敢使用的，除非万不得已。大雪封山，牛羊无法觅食的时候，牧民才去保蓄牧场割草。换句话说，保蓄牧场就是救命的牧场，可现在就难说了。"

我没接他的话，因为过度放牧对草原的破坏大家都知道，但谁愿意放弃富裕的机会呢？他果然说到这儿来了。

他说："主要还是社会好了，人们都变得富裕起来了。在这里，三五百头牛羊的人家多得很。可富了也会变穷，变穷也是三五年的事情。牧场没了，牛羊怎么活？卖掉牛羊，另谋出路，那又是另外一回事儿了。"

　　饭吃完之后，雨小了很多。面馆老板送我们到门口，他说："去大武，先要经过门堂乡。路上有标志，你们可不要走错路而跑到达日去。"

　　告别了面馆老板，走过寂静的久治县城，踏上智青松多一号大桥，我们沿玛沁县大武镇的方向行驶。久治到门堂乡的路没有刚刚步入青海地界那么好，全是牧道一样的山间小路，凹坑很大。翻过海拔4000多米的乱石头垭口时，大雪纷飞起来，原本积雪覆盖着的山头立刻变得迷茫一片。挂在山口处的经幡似乎被冻僵了，它们已经失去了肆意翻卷的力气。我们一直在雪线以上行走，司机更是小心翼翼。坐在车上，大家都瞪大眼睛，死死盯着前方。不知道这条路还需要走多久，也不知道多久才能到门堂乡。

3

　　下午4点，总算到了门堂乡。先找饭馆，必须解决温饱，否则天一黑就会有麻烦，因为门堂给我们的感觉就是无人区。

　　太阳有出来的迹象，天气也有点回暖。这是刚到门堂的惊喜，然而这样的惊喜没有超过10分钟，之后，淅淅沥沥的雨又落了下来。

　　门堂乡非常荒凉，一条小街，几乎见不到人，几个小饭馆都关着门。好不容易找到一家小饭馆，也只有米饭，米饭和石头一样硬。

老板娘说："这里海拔高，米饭煮上一天都是这个样子。"

没有挑剔的余地，但那样的米饭我是吃不下去的。我走出小饭馆，在门外转了一圈，好不容易买来一包方便面。

老板娘见我拿着方便面进来，笑着说："一样的。"

我说："不一样，你那米饭我咽不下去。"

她说："这里的开水不到70度。"

我摇了摇头，说："那只能干吃了。"

门堂唯一一家开门的饭馆

老板娘是四川绵阳人，他们到门堂已经两年多了。刚进来不久，我就问过她。

我对她说："你们干吗从那么好的地方跑到这里来？"

她笑着说："过日子哈！"

是的，为了过好日子，就必须吃常人不能吃的苦。我也这么想。

"你们是旅游的？也是外地人？没有在高原住过，来这里的确有点为难。"她说着，去了另外一间小屋，一会儿出来的时候，手里多了一把莜麦菜。"都是外地人，都不容易，给你们炒一盘莜麦菜吧。是从西宁拉来的，比肉贵多了。"

"那有肉吗？"我们几个同时问。

"有有有，高压锅煮的，但还是有点硬。"她连声说，"门堂没有电，乡政府、卫生院、学校，都用大型的太阳能发电。我们用柴油机发电，所以贵点。"

我又问她："生意怎么样？"

"平常还可以，但一年里总有那么几个月，连一个人都没有。大家或去打工，或去牧场，或去挖虫草了。"她这样说的时候，我恰好看见了铁皮炉子上放着的几根虫草。

"这是你们挖的吗？"我问她。

她点了点头，说："是的。没有生意的时候我们也上山去挖，但要交草山费，反正已经出来了，都是为过好日子，何况一根虫草要四五十块呢。"

我们说着，小饭馆里进来了几个本地青年，老板娘立刻操起一口流利的藏话。之后便去了后堂，一会儿她端了一盘洋芋丝出来。

看着洋芋丝特香的，于是我们也要了一盘。等端上来，吃了一口才知道，洋芋丝只有余温。她见我皱眉头的样子，笑着说："放心，刚炒的，肯定熟了。这里就这样，你看杯子里的茶叶。"我看了下，果然，茶叶在杯子里始终没有展开。

"你们去哪里?"她问我。

"去大武。"我说。

"好远噻。"她说，"不过不要紧，你们人多。沿黄河西行，过了黄河大桥，一直朝西北方向走，100多公里就到大武了。"

走出那个小饭馆，街面上依旧没有人。雨算是停了，然而雪粒却纷纷扬扬飘飞起来。

其实我们恰好走了一个大圈，按照原来的计划完全可以，朋友刚一上车就开始抱怨我。我没有反驳，我知道他们计划的那个路线，如果沿那条线走，就去不了久治。

走到黄河大桥的时候，我偷偷打开地图，发现木西合与门堂乡的确只一河之隔。也曾听玛曲的朋友说过，木西合到门堂只是一条村级路，现在我才明白朋友们抱怨的缘由。或许，这条村级路远远要比久治到门堂的好。

一天的大雨将那条伸向木西合的路洗得干干净净的，平整均匀的沙粒铺满两侧的路面，看起来这条路的确要好。我看了几眼通向木西合的路，然后又将目光投到门堂黄河大桥对面的山上。雪依旧飘飞着，高处的雪不断堆积起来，而低处的落在草原上的雪早变成湿漉漉的水珠。车子缓慢前行，整个草原寂静得令人发慌。对面山坡上是一座不大的寺院，散落有致，尽管没有阿万仓的寺院气派，甚至也没有沿路见到的寺院那么起眼，然而这座散落在山坡上的寺院却显得更加沧桑，更加稳健。

过了黄河大桥，黄河就不随我们一路同行了。越往前走，越是荒凉。如果不是修路的那些工程队偶尔出现的话，这里真就是无人区。路是宽了，但凹坑很大，车子根本跑不起来，好几次我都觉得快要颠簸翻了。谁都不敢眯上眼睛，司机更是小心谨慎。

行走一小时后，天倒是晴了，沿路也有了几家牧场，牧场的栅栏门口停放着摩托车，但是没有人。我们打消了下去要一碗酸奶的想法，因为时间不敢耽误。到大武应该还很远，没有信号，导航不起作用。路只有这一条，应该不会错，何况远远地我们又看见了黄河。

4

100多公里路，依然要了4个多小时。8点多我们终于到了果洛州玛沁县大武镇——这个传说中，一兄弟丢了马匹的地方。（大武藏语意为"丢失马匹的地方"。相传有三兄弟经常来此打猎，老大丢了马，叫老二去找，老二错将驴看成虎。老三匆匆去打虎，慌忙间将弓袋箭囊拿反了。于是人们讥笑他们兄弟一错再错，便给他们取了新名字，即"大武""翁布达""洋浴"，意思分别是"丢失了马""把野驴当老虎""反背弓袋箭囊"。后来，这一带出现了分别叫大武、翁布达、洋浴的三个游牧部落，他们便是那兄弟三人的后代。）

到了大武，大家都不想吃饭。虽然在高原住了30多年，但大武这个地方的确让我们失去了方向感。

大武和久治差不多——宽阔，平整。草原上的城市大致如此，除了这些，还有就是人少。我们沿街道跑了一圈，找了个小旅馆，暂时安顿了下来。似乎已经没有折腾的信心，也没有了折腾的力气，都不说话。在小旅馆里稍作休整之后，几个人还是没有忍住，走出了房门。

大武的晚上很冷。那些冰凉而令人禁不住打起寒战的风不知来自何处？尽管如此，我们依然在街上漫无目的地走着。街道很小，十几分钟就走完了，然而路灯却一直伸向遥远的

夜幕降临时的大武镇

前方。没有继续往前走，何况前面已经到了街的尽头。几个人拖着疲惫的身子，没有了出发前的精神和活力。我想，此时大家的心愿应该是一样的，那就是美美地睡一觉。

返回小旅馆，前台一小伙问我们："这么快回来了？既然到大武了，就应该好好转一转。"

我笑着回答他："没啥好转的，大武小得很，一会儿就转完了。"

"大武还小？这里只是郊区，一直往前走，10公里之外才是中心。"他说完之后，一边摇了摇头，一边喃喃自语，"说大武小，一看就是小地方来的。"

我们面面相觑，而又觉得进退两难。最后狠下心，再次走出小旅馆。

路灯全部亮了起来，昏黄的路灯下，整个街面更加显得空空荡荡。我们一直往前走，大约半小时，才遇到一辆出租车。出租车跑了20多分钟，终于到了城中心。因为是晚上，我的确看不出大武到底有多大，只是车辆很多，行人依然很少。从车上下来，转入一个十字路口，灯光亮多了。这里应该是一条小吃街，因为更多的吆喝声，也因为扑鼻而来的各种食物的味道。草原上的饮食从来就是那么简单的几种——烤羊肉、藏包、杂碎……大家没有心思吃饭，来回转了一圈，只想回去。何况天气又要变化了，我已经明显感觉到雨星扑打在脸颊上的湿凉。

意想不到的是我们在大武遇到一个同乡人。出租车驶入只有路灯而没街景的路段，他突然说："大武这个地方连面都煮不熟，你们不好好在家坐着，乱跑什么？"

我笑着说："你不好好在家坐着，乱跑什么？"

他又说："你们有工资，我不跑成吗？已经在大武跑了6年出租车，想回去，却又走不了。这里太冷了，但生意还不错。"

生存，生活，如何活得更好？都需要我们付出很多，都需要我们精心营业。如果这一点上马虎了，那么我们的生命也许就在马虎中转眼迈向终点。事实上，这些并不需要精心去想，精心去做却又是一项很不简单的事情。所以，在来来往往的人群中，在氧气稀薄的高原上，大家都矛盾着，走不出也回不来，年年月月维持着日子，时时刻刻等待着神灵的庇护，而少了对实际生活的理解。

我又问他："阿尼玛卿雪山有多远？"

"沿这条路的相反方向走100多公里，三四个小时吧，不过路很烂。"他停了一下，又说，"要不明天我送你们，来了就去看看吧。谁都避不开生老病死，许个愿，磕个头啥的，心里踏实点。此外，雪山上还流淌着一股水，血红血红的，还是有看头的。"

那夜，我翻来覆去想着去还是不去。

5

天亮了，等我起床，其他人已经从外面吃了早饭回来。他们说我睡得太死，还说着梦话，就没再打扰。

早饭是在城内一家小饭馆吃的，特好。虽然距离阿尼玛卿雪山很远，也很艰难，但我们还是下定决心要去。

从大武出发，问了好几个人，最后放弃沿正在修建的公路行驶，我们选择走捷径。太阳藏在云雾里，刚露了一下脸，然后又不见了影子。走了一个多小时，路不见了，摆在眼前的全是乱石滩，然而三三两两的行人却出现了。他们当中有骑自行车的旅客，有一路磕长头的群众，也有赶着牦牛驮着皮囊的牧民。阿尼玛卿雪山就在眼前，在藏民的心目中，阿尼玛卿雪山是观世音菩萨的道场，与西藏的冈仁波齐、云南的梅里雪山和玉树的尕朵觉沃并称为"藏传佛教的四大神山"，并名列首位。黄河流经此地，拐了一个180度的大弯，然后浩浩荡荡向东南流去，主峰玛卿岗日正处于这个大拐弯的中央。英雄史诗《格萨尔王传》中记载，阿尼玛卿山神是"战神大王"，与英雄格萨尔王有着极深的渊源——格萨尔是阿尼玛卿山神与龙女果萨拉姆梦合而生，阿尼玛卿山因此也被称为"英雄之父"。

　　应该到山脚下了，我看见了不远处桑烟飘荡，柏枝的清香也随之飘了过来。雪山看起来就在眼前，雄伟壮观。我问了问路边的牧民，他们说还很远。车子开不进去，要步行。就在我们商议怎么行走的时候，麻烦出现了，同行者突然心跳加剧，双腿出现了水肿现象。再不能前进了吗？我心里真有点犯难。把他留下来？在这乱石滩，万一出现意外的情况，那就真麻烦了。

　　我们在乱石滩停了半个多小时，他的情况并没有好转。但他执意让我们前行，还说他在这里等我们，还说一辈子在高原上生活，没来过阿尼玛卿雪山，真是遗憾。

　　我们放倒车的座椅，将他安顿好，继续向前走，走了不到一公里我的麻烦也来了，双腿发软，没有一点儿力气，心要从胸口跳出来一样。看着从身边走过的人们，我不住怨恨自己，平日懒散缺乏锻炼，要不就不会出现这种状况。

　　一位老阿爸见我坐在石头上，便走过来说："年轻人，不远了，坚持吧。有诚心了，心中所有美好的愿望就会实现，所有的不顺利就会远离我们。"

　　我点了点头，但心里的害怕和实际情况依然不允许再向前行走。

　　老阿爸又说："绕山一周，步行一般要8天，骑马要5天，若是一路磕长头，就需要两个月。"

　　我知道，生活在这片高原上的子民，对于他们而言，朝拜阿尼玛卿无疑是一年中最重要的事情。因为大家心里都装满了虔诚，都装满了美好的祈愿。其实对于我自己而言，阿尼玛卿就是一个憧憬，就是深藏在心灵里的不可告人的秘密。

　　老阿爸继续说："在藏民心中，阿尼玛卿神圣不可亵渎，它是观音菩萨的道场，有求必应的，即便对远道而来的朝拜者也是庇护有加的。"老阿爸说完之后，便踽踽独行，他的表情和言辞里似乎闪烁着无尽的神光。

风夹杂着雪粒，从遥远的地方飞奔而来。这里的寒冷绝对不是一般意义上的寒冷。

目送着老阿爸渐渐远去的身影，我试着从石头上站起身，只是觉得眼前闪着金花，天旋地转，险些栽倒于地。

从阿尼玛卿雪山脚下返回之后，我们没有停留，直接去了黄南州的蒙古族自治县——河南县。因为河南县和玛曲县只一河之隔，到了河南县，就相当于到家了。原本要去果洛州玛多县黄河源头的计划不得不取消，原因是那边正在修路，车辆根本无法通行。

放弃了去玛多县，也没有看到阿尼玛卿雪山上流淌的那股血红血红的水，这算不算遗憾呢？当然，我不知道，下一个人生历程是否还能再来这里。那又将是何年何月！

6

沿黄河北岸继续行走，翻过整整五座海拔4400多米的高山，下午8点多终于到了河南县。

沿途都是土路，坑很大，依然在雪线以上。这一带草原沙化尤为严重，整个河道两边的草地上全是鼹鼠与旱獭挖的洞和送上来的土堆，金露梅和苏鲁梅朵倒是漫山遍野。

　　很早以前，我听过一位土专家的讲解，他说金露梅和苏鲁梅朵生长茂盛的地方，实际上就是植被破坏最严重的地方。金露梅和苏鲁梅朵生长茂盛并不是一件好事情，它们对植被有着间接的破坏，因为它们形不成林，只是一味汲取。然而它们对牧草十分贫瘠的高山牧场也有救急意义；大雪封山，没有草吃的牛羊也可以用它们的叶子来充饥。对的，在不同的地域环境里，苍天总会安排着所有一切。但我并没有在这一路看见哪怕是一座牧场。

　　令人不安的情形随处可见，高山之上河谷之间很是荒凉，不见绿色。偶尔有森林的迹象，却不见树木。我又想起了旅游开发，想起了经济效益对于社会的贡献。我们到底是得到了什么？而又失去了什么？想想看，当我们砍伐所有森林，然后将几棵小树移植到某一处，并贴上天然氧吧的标签；当我们大肆破坏草原植被，并将草皮栽种到广场，旁边插上留一片绿色的牌子；当我们杀死所有鲜鱼，而从外地运来鱼苗，然后打着地方特产的招牌……这一切说明什么呢？似乎是伟大的发明，或者是伟大的开发，也真是因为这些伟大，才使我们失去了伟大的珍贵。事实上，我们自视为从自然中获取了战利品，但从整个战利品的价值而言，我们并没有得到胜利，而是输得一败涂地。人在不断前进的时代里，只消费自然，用另一种伤害去补救年轻的美丽，已经没有了罪恶感，心灵深处还天真地认为，我们已经为这个时代，为这个社会，甚至为子孙后代造福不浅。

这是不可遏制的欲望在作祟，谁能制止住？换句话说，生活在大地上的众生，如果制止住内心的欲望，那么何必存在制约自由的那么多条文呢！

翻过第四座高山的时候，整个河谷里全是茂盛的金露梅和苏鲁梅朵。这段河谷几乎是金露梅和苏鲁梅朵的灌木林，金色、蓝色的花朵连成一片，丛中也有绿绒蒿，而绿绒蒿如绸缎一样的花朵更是分外鲜艳。

我让师傅停下车，跑过去拍了几张照片。就在眼前的一处草地上，我惊奇地发现了好几个蘑菇圈，雪白，刚刚冒出土皮，惹人喜爱。从来没见过如此多的蘑菇，于是我慌忙脱下衣服，铺在地上捡拾起来。

他们几个见我捡了那么多蘑菇，并没有露出羡慕的神色，反而对我说："你今天命大，否则，你就要破产了。"

我不明白他们到底要说什么。

于是朋友便给我说了一个特别有趣的故事。

三年前，他们去下乡，途经一处高山牧场，正值虫草季，满山都是挖虫草的群众。一同下乡的好几个都看红了眼，于是便停车上山去了。虫草倒是挖了几只，然而却成了天价。当他们很高兴地走下山，相互嬉笑着交流挖虫草的经验时，却被地方群众堵在路口。理由是，没有虫草证。换句话说，挖虫草先需要交一部分草山费，因为牧场都是承包过的，要么村子统一管理，要么由牧主自行收取。

纠缠了半天，说啥都不行。其间也向县上有关部门打电话求救，结果不但没有得到帮助，反而挨了一顿骂。最后每人交了好几千，总算离开了。当然，交了钱你可以继续在那儿挖，但是谁有专门去挖虫草的时间呢。

我听完朋友说的故事，冒了一身冷汗。不过还好，并没有人追赶而来。其实我也看到了，这一带根本就没有住牧场的人。

坐在车上，我突然想到了人与生存领地间的相互关系。大凡被人误解的说法是地方民众的可恶，实际上，一旦对生存领地有所侵犯的时候，人与人之间根本不存善良与可恶的说法。自古如此，然而对于收取草山费就可以大肆挖掘虫草的举动，便可另当别论了。

翻过不知道名字的五座高山之后，又见到了黄河。黄河在这里一下子变得苗条多了，河水也不那么清澈。河谷很深，要从一座不大的吊桥上过去。我专门留意了一下桥头上的几个大字——宁木特黄河吊桥。过了宁木特镇，河南县真就到了。

河南县感觉上比果洛州繁华多了。

河南县一夜无梦，倒是十分踏实。第二天清晨，我们在大街上闲逛。我发现了一家牛肉面馆，这家面馆的名字很特别——兰州蒸汽牛肉面。第一次听说蒸汽牛肉面，于是便走了进去。当然和平常所吃牛肉面没啥区别，只是贵了两块钱。

　　可能是有点早，这家面馆并没有客人。老板一边招呼着我们，一边说他的面是整个县城最好吃的。

　　我说："牛肉面就是牛肉面，怎么要叫个蒸汽牛肉面呢？"

　　他笑着说："你是外地人吧？"

　　我说："也不算是外地人，我们就在对面的玛曲县。"

　　他"哦"了一声，说："简单说，就是高压锅里下的面。复杂点，这里面名堂还多着呢。"

　　我明白了，实际上河南县的海拔和玛曲县一样，甚至还要低些，普通的牛肉面冠上这个名号，利润自然就会高出许多。

　　我开玩笑说："我回去也开个蒸汽牛肉面馆，先来你这里取经。"

　　他也笑着说："那就多住几天，这里可是欧拉羊和河曲马的产地。"

　　我只是笑着，并没有和他争论。因为欧拉羊和河曲马的盛产地就在玛曲县。当然，将这一切归还于河曲地带也是没错。大家都是为发展地方旅游，或是打着这些牲畜的名号来更好地宣传地方，提升地方知名度。到头来都是为了钱。这么一想，一切都会成为情理之中的事。

离开河南县是中午时分，河南县的确要比玛曲的气候好，但相比而言，草原的植被不如玛曲草原。当我们渐渐接近玛曲欧拉的时候，展现在眼前的草地就足以说明一切。

到河南县柯生乡时，已经是下午4点。对面就是玛曲欧拉，第七世贡唐仓活佛经师、拉卜楞寺高僧久美华丹加措大师就在对面的曲河坚赞滩举行"时轮金刚灌顶大法会"，几十万民众匍匐于地，认真聆听，细心感受，场面盛大。诵经声布满天地，人心在经声的洗涤里，顿觉空空荡荡。

黄河从玛曲开始，河道落差开始增大。随着大量支流的汇入，河道水量不断增加，流速也快了许多，使得黄河从欧拉大草原中间凹了进去。这大概就是众人所说的黄河始于果洛，而成河于玛曲的原因了。

一生中，想要追求的东西太多，谁也无法保证追求与失去的过程中，我们是否做到了宽容，是否对尘世的一切持有善意。当然，我们一边行走，一边听着回荡在空旷草原之上的经声，已经算是有福了。

听着回荡在空旷草原之上的经声，已经算是有福了

行走：真相与想象

代后记

　　7月初，房间里还是有点儿凉，半夜就醒了。再次裹紧被子，却没有了睡意。

　　最近总是半夜醒来，然后想着许许多多有关黄河、草原的人和事，以及牧场和常驻牧场的朋友们。心里往往纠结一件事情：环境与生存，活着与如何更好地活着。尽管这样的问题已经很陈旧，而事实上，具体生活中的我们认真去想，或者专门去想这个问题的时间还是少。活着，每天都需要面对许多现实，按部就班，拨冗去繁，在生活这辆永不歇息的大车上，我们不得不放下众多想法，而投入到挣扎和拼搏之中。

　　当生活带给我们无尽甜蜜的时候，那些过往的苦难却已成为心头的记忆。我们不断翻检，不断回味。然而，过多的记忆却让我进入了生活的另一面。于是我又想起前几天，一个朋友跟我说她去三江源做田野调查的一些事。

朋友在学校，去三江源做田野调查也是好几年前的事儿了。她突然想跟我说那些往事，是因为我的一篇文章勾起了她的回忆。

　　那时候，她刚刚步入社会，她年轻的导师要做三江源头关于牧民生存状态的社会调查，邀请她加入，是因为她从小在草原生活。而就她本人来说，实则无奈，尽管她生活在草原，但对牧民的具体生活几乎一无所知。

　　她说，他们带足工具，踏上去西宁的火车也恰好是7月初。他们在牧民家待了整整一个月，每天早上喝的开水中放少许糖、糌粑还有曲拉，水是温的，一喝就肚子叫。米饭里放有肉和曲拉，天天如此，没有选择。一个月之后，他们终于要离开了。她还告诉我说，当时最大的愿望就是吃一盘清炒土豆丝或莜麦菜。她还说，她被藏獒狂追，摔倒之后，趴在地上死死抱住导师的腿子，满嘴都是泥土……她还说了很多，可惜的是我并没有从她口中得知有关三江源头牧民的生存状态，以及他们的田野调查情况。

　　同样是记忆，也同样是生活的另一种体现，然而，当她说完之后，她自己确实也不知道，长达一个月的时间里，到底做了些什么。因此，我的想象鲜活起来。我想象着她的导师是如何完成课题的，他的课题里有多少臆想的成分，而文字里体现的牧民生存状态的可靠性又有几成。

　　于是，我越来越坚信：对没有深入或未曾有过草原生活的人来说，草原的确美丽辽阔，因而其笔下的文字无不沾染华丽。这样的叙写可能会带给我们一个理解上的误区，这样的误区也可能使大家丢失生活进而沉迷于虚构。对于真正意义上的作家而言，他必定会有所坚守，更重要的是在坚守中寻找到生存的尊严。

热爱草原和尊敬草原却又成为某种道德规范的延伸，而现在的草原似乎是旅游与经济的一个基本概念。因为我们过分热衷经济的健康，而失去了维持其健康的能力。当草原进入新的地质时期，我们能够坚守的还有什么？

诚然，这样的观念会使我们的思想变得模糊或者扭曲。可是有些事情的确不在我们的掌控之中，你无法在理想与现实中完全将自己剥离。在各种生活的迫使、各种欲念的引诱以及各种矛盾的驱逐下，深藏心灵的所有恶会被无限制地放大。"价值观的改变或许可以通过重新评估不自然的、驯化的和受限制的东西，并以自然的、野生的和自由的东西取而代之来实现。"那么，我们的目标又在哪里？

当我从黄河首曲的玛曲出发，沿黄河走过一圈，目睹各种破坏与各种挽救的时候，我依然找不到目标。真相与想象距离多远？这可能是我一生中不断要去探寻的另一个问题。当然，我也祝愿自己，在叙写黄河源头草原生态及民生状态的真实的同时，能够找到自我，保持一个作家应有的尊严。